A COR DO AMANHECER

Cet ouvrage a bénéficié du soutien des Programmes d'aides à la publication de l'Institut Français.

Este livro contou com o apoio à publicação do Institut Français.

INSTITUT FRANÇAIS

AMBASSADE DE FRANCE AU BRÉSIL

Liberté
Égalité
Fraternité

Tradução
Sônia Gabilly

Preparação e revisão
Mauro Pinheiro
Priscila Calado

Capa e projeto gráfico
BR75 | Raquel Soares

Diagramação
BR75 | Raquel Soares

Produção editorial
BR75 | Clarisse Cintra e Silvia Rebello

Dados Internacionais de Catalogação na Publicação (CIP)
(Câmara Brasileira do Livro, SP, Brasil)

Lahens, Yanick
A cor do amanhecer / Yanick Lahens. --
Rio de Janeiro : Editora Paris de Histórias, 2022.

ISBN 978-65-996025-1-1

1. Ficção francesa I. Título.

22-101254 CDD-843

Índices para catálogo sistemático:
1. Ficção : Literatura francesa 843

Maria Alice Ferreira - Bibliotecária - CRB-8/7964

A COR DO AMANHECER

Yanick
Lahens

A
COR
DO
AMANHE
CER

Paris de Histórias
editora

Para Bertrand, mais uma vez e para sempre...
Para Émile Ollivier e Gerard Barthélemy
que se foram cedo demais.

...no segredo da sua consciência, seu Deus não era o Deus de três faces dos quais cantavam as louvações. Eles sabiam muito bem que Ele possuía quatro faces, e que esta quarta explicava Sula. Durante toda a vida, eles tinham sido obrigados a coabitar com diversas formas do mal sem esperança de que Deus viesse ajudá-los, pois sabiam que Deus tinha um irmão e que esse irmão não tinha poupado o filho de Deus. Então, por que deveria ele ser agora poupado?

TONI MORRINSON, *Sula*

Ah, como quer você que eu coloque
todas essas palavras numa carta
– testemunho ocular de um tempo
Que ainda está longe de sua última
refeição de canibais?

GEORGE CASTERA, *Lettre d'octobre*

PREFÁCIO

O que as cores que tingem o céu do amanhecer têm a nos dizer? O nascer do sol é o anúncio do porvir, seus raios iluminam, tingem de cores o céu azul e aquecem os corpos que jazem inertes. O alvorecer afasta o breu da noite e a frieza das horas vazias da madrugada. No amanhecer ressurge a vida em forma de esperança.

É a partir da imagem da aurora que a escritora haitiana Yanick Lahens nos apresenta as nuances do seu país. Duas irmãs, duas histórias e uma narrativa que enlaça duas faces da mesma realidade da mulher no Haiti. Em *A Cor do Amanhecer*, a autora narra a história de uma família monoparental que se desenvolve em torno das suas personagens femininas e foge ao estereótipo da família tradicional.

Nascida em 1953 na capital Porto Príncipe, local onde passou sua infância e adolescência, Yanick Lahens parte jovem para a França a fim de realizar os estudos secundários e superior. Em Paris, conclui o curso de Letras Modernas na Universidade Paris IV - Sorbonne e alguns anos mais tarde decide retornar ao Haiti, de onde inicia sua profícua carreira como escritora.

Lahens é uma voz potente na produção da literatura francófona contemporânea, ela faz de suas obras palco de denúncia da realidade haitiana, dando destaque aos papéis protagonizados por mulheres. No entanto, o que se destaca no estilo da escritora é a forma poética da sua narrativa, mesmo quando expõe e critica os dramas da sociedade haitiana, ela traz ao leitor uma escrita leve, lírica e cativante. A violência, a dor, os horrores da guerra e a morte, através de Lahens, nos tocam, nos levam à reflexão e nos emocionam.

Sua primeira publicação, em 1994, uma coletânea de novelas intitulada *Tante Résia et les Dieux*, reúne seis textos que narram situações da sociedade haitiana e neles podemos identificar as primeiras pistas que falam do desejo de refletir sobre a questão política do país. A novela é um gênero declaradamente querido pela autora; nesta coletânea, Lahens aborda principalmente temas ligados à vida em Porto Príncipe, seus habitantes e o cotidiano da cidade e, segundo a autora, a observação do cotidiano das pessoas é uma das suas principais fontes de inspiração.

Após a publicação de duas coletâneas de novelas, e de ter demarcado o território, como ela mesma afirma, Lahens publica em 2000 o seu primeiro romance intitulado *Dans la Maison du père* e, em pouco tempo, a obra alcança popularidade entre o público e maior visibilidade à escritora.

Em *A Cor do Amanhecer*, a história se revela a partir da narrativa de duas irmãs que, diante do desaparecimento do irmão, relatam suas experiências de vida, suas tristezas e seus medos, em tom memorialista, como se fosse um diário ou devaneio. A mãe, no romance nominada Mère, é o centro e o ponto sólido da família, em torno dela vivem seus três filhos: Angélique, Joyeuse e Fignolé, além do neto Gabriel e da ajudante Ti Louze.

O cenário do romance é a história recente do Haiti, ambientada em 2004, no período pós-golpe que destituiu o então presidente Jean-Bertrand Aristide. Além do tumulto das ruas, das revoltas populares diante do golpe, a cidade também é descrita a partir da pobreza e da precariedade.

O bairro onde as personagens moram é pobre, sem infraestrutura, sem saneamento básico, a cidade como um todo é caótica e apesar do aspecto político não ser o foco do romance, ele se encontra o tempo todo presente na história.

A beleza da obra está não apenas no seu cenário, nas suas personagens que representam os moradores da cidade, na descrição do Haiti, mas também na leveza da forma como a autora faz uso destes elementos e mostra duas faces de um mesmo desespero. A despeito de sua conturbada história, é perceptível no Haiti uma população que luta incansavelmente pela conquista de uma vida digna, um povo que mantém vivas as suas tradições culturais e religiosas através da oralidade e se apega a elas como força vital.

Em consonância com as marcas do seu país, Lahens traça perfis de mulheres contemporâneas do Haiti que, em meio à violência, precisam se reinventar e construir um lugar de fala. A mulher que, em um país onde "os homens estão de passagem" e permanecem "apenas mulheres e filhos", se torna de fato protagonista da sua vida. As relações se estabelecem de forma emblemática, mães preocupadas com a pureza de suas filhas, temerosas de um destino hostil como o que elas tiveram; filhas que partem para o casamento, não com a idealização do amor, mas em busca da segurança de um lar e meios de subsistência.

Da relação existente entre as duas irmãs pouco é dito na obra, porém fica evidente a admiração que uma nutre pela outra. Apesar do cenário de caos, da espera pelo irmão desaparecido, da mágoa expressa, o romance também desenha linhas de esperança. A imagem da flor que nasce em uma terra devastada pela guerra. Angélique e Joyeuse se fundem e representam juntas as duas faces da dura realidade das mulheres no Haiti. Jovens, casadas, viúvas que vivem sob o jugo de uma sociedade machista, em que os homens partem para a batalha ou para o exílio e as abandonam à própria sorte, responsáveis pela subsistência de um lar assolado pelo caos.

A primeira República Negra surge no contexto histórico com força e plena de esperança de tempos melhores para aqueles que viviam sob o jugo desigual do colonialismo. O contexto do *livres ou mortos* acendeu nos escravizados a chama de liberdade, ainda que esta custasse a própria vida. É esse espírito audacioso e forte que se perpetua no povo haitiano. Mesmo diante dos problemas políticos, econômicos, sociais e das catástrofes naturais, a população se reinventa através da tradição, da crença e das práticas culturais.

Na obra de Yanick Lahens, identificamos uma necessidade latente de mostrar ao mundo que o Haiti não é apenas pobreza, violência e miséria, que lá existem pessoas que sentem, se inspiram e se apaixonam. Para a autora, o amor, o desejo e o prazer são sentimentos presentes no cotidiano das pessoas e precisam ter sua representação garantida na literatura. Em *A Cor do Amanhecer,* somos apresentados a inquietudes e incertezas quanto ao futuro de uma família, mas também nos conduz a uma reflexão poética sobre a situação da mulher negra, pobre e subalterna no Haiti.

Margarete Santos
Professora de Língua e
Literatura Francesa - UNEB

1

EU ME ANTECIPEI AO AMANHECER e abri a porta sobre a noite. Não sem antes ter colocado os dois joelhos no chão e orado a Deus. Como não orar a Deus nesta ilha em que o Diabo tem o melhor papel e deve estar esfregando as mãos a essas horas. Nesta casa, onde, sem avisar, dia após dia, ele se instalou.

Três vezes seguidas, recitei um salmo de David, tomando cuidado, forçando cada sílaba para ter certeza de que, falando tão intensamente com Deus, eu fizesse cada palavra valer a pena. Que o céu, acima da minha cabeça, não seja só a metade de uma cabaça oca.

Quando os malvados avançam
contra mim
para devorar minha carne...

Durante toda a noite, meus olhos sondaram as sombras. Durante toda a noite, escutei o crepitar dos tiros, lá longe. Sempre queremos imaginá-los longe. Muito longe. Até o dia em que a morte vem sangrar à nossa porta. Até o dia em que ela respinga sobre nossas paredes. Como os outros, todos os outros, eu aguardo...

Fignolé, meu irmão mais novo, não voltou para casa ontem. Eu não o ouvi abrir a porta de entrada devagarinho, nem aliviar ruidosamente sua bexiga, como ele costuma fazer, no quintal. E sua cama, que durante o dia é usada como sofá na sala, não está desarrumada. Há alguns meses, me preocupo com Fignolé. Não sou a única. Como não se preocupar com Fignolé? Ele que sempre manteve nossas vidas no limite da asfixia. Ele a quem o medo não conseguiu submeter. Onde será que ele pode ter passado a noite? Onde...?

São apenas quatro e trinta... Esse momento entre sombra e luz é o meu preferido. É quando posso pensar livremente naqueles que ocupam esta casa. Em todos os que eu não sei onde encontrar ou que estão longe demais. Hora dos meus rancores acumulados, hora dos meus ódios com cem motivos, da procissão das minhas aspirações, das minhas privações, a ponto de chorar de raiva. Rancores, ódios, privações, logo acolherei a todos. Sem distinção alguma. Como comadres tagarelas. Eu carrego dentro de mim tantas outras mulheres. São estrangeiras que seguem meus passos, habitam na minha sombra, se agitam sob a minha pele. Nenhuma faltará ao chamado de uma moça de trinta anos, desgastada pelo tempo, em toda a sua superfície. De uma jovem mulher fulminada, já há alguns anos, e que finge continuar vivendo como se nada tivesse acontecido.

Ti Louze já foi buscar água na fonte do bairro. Ela escondeu num canto a esteira de palha que lhe serve de cama ao lado da porta que dá para o quintal, assim como os trapos que ela põe por cima todas as noites. Esperemos que ela volte inteira e ilesa das inevitáveis revoltas da água que, desde cedo, aprendemos a enfrentar. A afiar os dentes. Somos devorados pela raiva, como cachorros. Logo, um rabo crescerá em nós e fincaremos quatro patas no chão. Basta esperar!

Deus, como está fresquinho! Coloquei o bule de café no fogão do quintal e, por precaução, levantei a gola do meu roupão cujo vermelho há muito se tornou uma cor desgastada. Uma cor fuliginosa, irreconhecível. Da valeta que se estende ao longo do muro no fundo deste quintal minúsculo, emana um cheiro persistente de podridão e de urina, que entrou em lufadas obscuras quando abri a porta. E, para piorar, Fignolé não voltou para casa. Uma de nós terá que ajudar Ti Louze a levar o lixo até a esquina fedorenta onde todos os moradores do bairro o empilham incessantemente, sem que nenhum serviço público pense em tirá-lo de lá.

O amanhecer de fevereiro é de congelar o sangue. Confortavelmente instalada na *dodine,*[*1] os braços cruzados no peito, pernas abertas, eu reino neste quintal como se fosse um grande palácio de solidão em que posso, por alguns minutos, me permitir ser louca. Rainha e louca! O corpo cheio de turbilhões a ponto de me sacudir da ponta dos pés até a raiz do cabelo. Ou seja, meu corpo ainda tem serventia. Aqui, sob meu seio esquerdo, minha vida pulsa em segredo como um pássaro cativo. Às vezes, eu a sinto pulsando, querendo me sufocar. Sentada como uma vaca prenha, espero aquela mão atenta que saberá como fazer para acordá-la num esvoaçar de asas.

Para tirá-la pântano do tédio.
Para curá-la deste desgaste inútil
Eu aguardo...

---

[1] A definição das palavras em itálico, seguidas por um asterisco na primeira ocorrência, encontra-se no glossário no fim da obra. (N.d.A.)

2

SOBRE MINHA PELE, SE ATARDA A FRAGRÂNCIA inebriante das folhas de laranjeiras e de gravioleiras, flutuando dentro da bacia. Elas ficaram horas macerando debaixo do sol. Atrás da chapa ondulada que usamos como biombo no quintal, com essa água eu lavei, meticulosamente, meu rosto, minha barriga, meus braços e minhas pernas, antes que o sono me leve. Sou uma criatura de luzes vibrantes cujo corpo, com o tempo, foi se desfazendo dos modos desajeitados da infância, para desenvolver um vigor e uma flexibilidade que me encantam.

Quanto tempo será que eu levei para me tornar mulher? Não sei. Meus quadris ganharam uma verdadeira largura. Minhas coxas se alongaram como palmeiras. Com o passar dos dias, um ninho profundo nasceu entre meus dois seios. Ao escurecer, a fina linha entre meu umbigo e meu púbis se tornou alvo de mistério e inveja. Quando eu era pequena e Mamãe ainda me dava banho, ela gostava de repetir que, por causa dessa linha, meu primeiro filho seria menino. Hoje, é um detalhe curioso que aguça a imaginação e a paixão dos homens. Estes ainda não conheço. A hora de fazer a conta ainda está longe. Muito longe. E tem o Luckson... Basta eu baixar as pálpebras para ver seu torso procurando por mim, seus olhos ávidos perto dos meus, e sucumbir de insolência e desejo. No entanto, sou uma jovem comum. Realmente comum. Tenho tanta certeza disso que me esforço, dia após dia, para transformar esse comum em algo precioso. Gosto dos quadris estreitos do Luckson. Amo sua boca sempre alerta. Suas mãos audaciosas. Luckson, mel e perigo.

Abrindo os olhos, acordo só pelo prazer de me sentir existir. Ao lado da respiração adormecida da Mamãe. Com o que há de mais quente, de mais vivo em mim, essa música secreta acalenta meus ouvidos, incendeia meus olhos, anima minhas mãos, queima meus lábios. Entre duas rajadas de tiros lá longe, os gemidos da Mamãe me mantiveram acordada boa parte da noite. Não faço ideia das aparições que atravessaram seu sono. Dos visitantes que o saquearam. Ao levantar da cama, tomarei cuidado para não me mexer muito e evitarei, claro, desfazer a instalação que ela meticulosamente ergueu sobre o altar de seu deus *Dambala**.

Mamãe prefere deixar de comprar roupas ou comida a não honrar a grande família dos seus deuses africanos, seus *loas**, os *Mistérios,* os *Invisíveis,* como ela os chama. Em particular *Dambala,* reinando no centro da sua vida. Pegando-a e a revirando como uma palha na mão do vento. Três ou quatro vezes por ano, ela se acha na obrigação de mimá-los, um de cada vez, *Dambala* é o primeiro, assim como *Ogu** ou *Erzulie Fréda**. Ontem mesmo, ela acendeu uma vela para *Erzulie Fréda* e a colocou no centro do pequeno altar que lhe é dedicado, atrás do armário. Bem na frente, três aráceas cor-de-rosa. Elas são tão lindas que parecem naturais. Recentemente colhidas do canteiro de uma casa burguesa. Fignolé as ofereceu à Mamãe quando recebeu seu primeiro salário. Mamãe acha que *Erzulie,* vaidosa como ela é, deve ter se deleitado ao vê-la umedecendo, com gotinhas de água de colônia barata, um lenço de cetim cor-de-rosa que ela deixou dentro da cesta de vime. Depois, teve o cuidado de apaziguar a gula da deusa, servindo-lhe três cocadas num prato de porcelana fina. Um prato que minha patroa, a Sra. Herbruch, esqueceu na sua mesa de trabalho e que eu roubei numa tarde de junho. Sim, roubei. Por que junho, por que naquela tarde? Eu não saberia dizer. De qualquer forma, no dia seguinte eu a ajudei a revirar a boutique para achá-lo.

"Joyeuse, é um prato do qual eu gosto muito."

Ela teve acessos de raiva por três dias seguidos e, depois, nunca mais mencionou o caso. A raiva que ela expressava por causa da perda daquele prato me fascinava. Por dentro, eu ficava fria, observando atentamente para chegar às devidas conclusões sobre o conjunto de sentimentos que a perda de algo tão fútil era capaz de despertar. Um prato a mais, um a menos, não fazia diferença nenhuma para a Sra. Herbruch!

Os deuses da Mamãe e aquele de Angélique cavaram entre elas e mim uma profunda linha demarcatória. Refleti sobre o respeitável Deus de Angélique e os ilegítimos da Mamãe, e continuei insatisfeita. Da outra margem, onde me encontro, bem ao meio-dia e ao sabor dos ventos, vejo as duas se debatendo às cegas contra as sombras. Eu escolhi a luz, o vento e o fogo. Mesmo que me ceguem. Mesmo que eu perca minha vida.

Estou ansiosa para sair. Encontrar o sopro fresco do amanhecer. Sair desta casa que tenta grudar em minha pele esses cheiros de mofo, de suor, eflúvios de falta de água e de privações, todos esses odores persistentes, imemoriais, dos pobres. Mal respiramos à noite. Mamãe manteve o desagradável hábito, oriundo da sua terra distante, de, antes de dormir, vedar as janelas, tapar os interstícios com qualquer pedaço de tecido que possa achar. Todas as fissuras obstruídas, ela mantém a casa fechada como um punho cerrado. Por medo de todas as criaturas, visíveis e invisíveis, que estão esperando a noite para existir. Mamãe disse que a noite é muito propícia aos maus ares, muito favorável às aparições!

3

ALGUMAS LUZES ESPARSAS ainda brilham na noite que se arrasta. Liguei o rádio. Para continuar minha conversa com Deus. O jornalista-predicador, com sua voz aguda e fanhosa, é fiel ao encontro com o Criador e conosco: "Irmãos e irmãs, abram seus corações..." Mal escutei as primeiras palavras de sua oração matinal e, contra minha própria vontade, virei para trás como se uma força estranha estivesse me puxando para perto da cama vazia de Fignolé. E surpreendi Joyeuse, ombros caídos pelo estupor, em pé, em frente dessa mesma cama. Em seu olhar, imediatamente, li essa mistura de sentimentos que ela acredita ser capaz de esconder. Vendo que eu estava dando alguns passos na sua direção, ela, de repente, mudou de atitude, retomou suas maneiras de mulher elegante da cidade alta. Uma mímica aqui, um suspiro ali, as mãos em volta do pescoço como uma estrela do cinema. Quando eu disse que Fignolé não tinha voltado, ela, como sempre, fingiu saber de tudo e não estar preocupada além do necessário com o destino do seu irmão: "Ele deve ter sido surpreendido pela noite e dormiu na casa de um amigo." Não acredito em sequer uma palavra do que ela me respondeu. Nenhuma palavra. Aliás, ela também não... Vai, continue, querida Joyeuse, a me considerar a mais idiota das idiotas... Continue.

Joyeuse, com suas nádegas arrebatadoras, daqui a alguns minutos escolherá um vestido justo, seu perfume de jasmim e ilangue-ilangue e depois maquiará seu rosto com cores de parar o trânsito. Joyeuse tem uma fé inabalável em seu batom, seus seios e seu traseiro.

Eu, Angélique Méracin, sou conhecida por ser comportada. Muito comportada. Mãe sacrificada. Filha submissa. Irmã exemplar. Dedicada aos pacientes de um hospital carente de tudo. Não se sabe de homem meu. Nenhum. Mulher sem apetites, Angélique Méracin continua servindo. Obedecendo. Sorrindo. Mesmo cheia de raiva. Atravessada por maus pensamentos. Sacudida por lufadas delirantes. E, no entanto, eu os odeio, todos. Odeio esta casa. Odeio esta rua. Esta cidade. Esta ilha.

Ouço Ti Louze voltando da praça da fonte de água pública. Lá vem ela, descalça, tranças meio soltas, o vestido um pouco mais rasgado do que ontem, e grudando em sua pele feito uma alga. Curvada pelo peso de dois garrafões de água, Ti Louze não ousa cruzar meu olhar. Claro! Acordou tarde e agora vai ser difícil fazer os três trajetos até a fonte para encher a grande caixa de água atrás das latrinas.

Dei alguns passos até o quarto que ocupo com Gabriel, meu filho. Bem... Eu chamo de quarto o que, na realidade, não é. Eu só ergui, entre esse cômodo na frente e o quintal, uma parede improvisada para delimitar a intimidade. Significa dizer que a casa está cheia como um ovo. Nós nos ouvimos respirar. E, com o tempo, o amor tomou as cores de nossos rancores, se misturou até se dissolver em nossos ressentimentos. Deus nos obriga a ficar assim, colados uns aos outros com nossos ânimos, nossos ressentimentos e nossos cheiros, nos pondo à prova para melhor servi-lo.

Daqui a uma hora, acordarei Gabriel para ele se arrumar e ir à escola. Alma desenvolvida no esplendor das Sagradas Escrituras, Gabriel deve estar sendo, neste exato momento, atravessado por sonhos bíblicos, gloriosos e épicos. Dormindo profundamente, pernas esparramadas. Desfrutando, finalmente, da cama grande só para si. De pé, na entrada do quarto, eu o observo de soslaio sem deixar de prestar atenção aos barulhos vindos do único quarto de verdade. Aquele que Mamãe divide com Joyeuse. Mamãe se revirou há alguns segundos. As molas da cama rangeram sob seus ossos, que estão ficando velhos. Seus ombros, tenho certeza disso, logo se curvarão um pouco mais, quando ela perceber que Fignolé não voltou.

Então, indo lentamente em direção ao quintal, ela invocará em silêncio seus deuses, seus *loas* valentes. Depois, no balanço da *dodine*, ela vai rezar o terço, olhos fechados para ver melhor o outro Deus, de longa barba branca. Nunca sabemos exatamente em qual desses dois universos Mamãe está viajando.

Mas por nada neste mundo, ouvido colado ao rádio, ela perderá o jornal das sete. Por nada. Ela sente um prazer estranho ouvindo essas vozes que, todos os dias, várias vezes ao dia, ficam anunciando nossos infortúnios. A Mamãe escuta todas, as estridentes, as entrecortadas, as com tons de baixo ou agudo, as arrastadas, as cantantes, as irreverentes, as profundas. Mamãe atravessou a chuva, o fogo e o sangue. Mamãe conta que, por ter vivido sessenta anos nesta ilha, ela está além das trevas. Além da escuridão. Que seu corpo ainda não está exalando um cheiro de cadáver, mas que ela já morreu.

Então, o jornalista, com esse tom de voz adequado que conhecemos tão bem, informou que a manifestação proibida tinha acontecido na véspera, domingo, no centro da cidade. E contou que homens armados atiraram contra os jovens num bairro do norte da cidade. Mamãe esboçou um sorriso estranho, a boca inchada pelo excesso de palavras, e passou a mão direita, adormecida pela artrite, na bainha da camisola. Fevereiro pousou as palmas frescas de suas mãos sobre nossa aurora. A luz pálida e leitosa da noite se dissolve nas cores do horizonte. Eu faço ajustes no xale da Mamãe. Joyeuse, sentada a seus pés, está bebericando seu café sem dizer nada. Obviamente. Há muito tempo, Joyeuse já não é mais das nossas. Desde que o Tio Antoine Nériscat, primo de Mãe, pagou seus estudos na escola das Freiras da Sabedoria, lá perto da cidade alta.

Todas as três assustadas com pensamentos difíceis de aguentar, ponho minha mão no fogo que evitaremos, apesar de tudo, falar abertamente da ausência de Fignolé. Teríamos medo demais de fazê-lo.

4

ANGÉLIQUE JÁ ESTÁ LÁ FORA preparando a refeição de Gabriel. Geralmente, ela escolhe essa hora incerta para desatar, longe de nossos olhos, todos os nós de bondade, de razão e de sabedoria que deixam sua vida triste e distante. Angélique voa baixo. Angélique passa raspando a espuma dos dias. Não me lembro da última vez em que ela riu, fazendo o sol dançar em seus olhos. De verdade, não me lembro mais.

Depois do nascimento de Gabriel, os olhos de Angélique perderam seu magnetismo. Seu corpo depôs as armas. Ela trava toda sua alegria num coque rigoroso sobre a nuca. Tenho dificuldades em me acostumar a essa nova Angélique. A me desfazer da outra, a Angélique viva e sorridente, flamejante sob o sol. Uma ideia de alegria pura, uma abstração de felicidade ainda persiste ao recordar seu nome. Como sinto falta daquela irmã de alegrias que se antecipava ao dia com uma felicidade contagiosa. Que me fez acreditar que o sol da minha infância nunca se esconderia. Que fazia de cada dia um rio de mel. Mesmo nos dias em que não comíamos o bastante. Em que tentávamos manter as aparências, nós, socialmente abaixo da média. Muito abaixo. Sempre prontos a fazer de conta. Como se adormecêssemos satisfeitos, a sede saciada. Como se nossas roupas não durassem apenas graças à prodigiosa engenhosidade da Mamãe na costura. Como se não estivéssemos, o tempo todo, a ponto de sermos expulsos da escola. Como se isso não já houvesse acontecido algumas vezes. Como se, como se...

Desde minha infância estive em guerra. Uma guerra que Angélique soube tornar feliz. Ela me ensinou a força bruta, selvagem daquele orgulho. Quanta saudade eu sinto daquela Angélique que, um dia qualquer, um homem astuto, arrogante, com modos de amigo da onça, me roubou. Em um cenário de céu, de terra e de mar. Esse pretendente a tirano devia ter acabado de pôr a cabeça para fora da água da nossa miséria, porque eu me lembro que ele usava a camisa aberta no peito e que seu sorriso revelava um incisivo de ouro. Com certeza, Mamãe não teve tempo de prevenir Angélique. Lembrar-lhe de desconfiar dos desconhecidos à espreita pelos caminhos da vida.

Hoje em dia, Angélique tem uma grande mancha no coração. Entre os serviços prestados à igreja e as pequenas maldades que espalha pela casa, na realidade, ela não tem tempo nem para receber o amor de Deus, nem para dar esse amor. No entanto, Angélique tem sempre a mesma palavra na boca: "Deus e seu amor", "Deus e suas obras", "Deus, Deus, Deus...". Suspeito que esteja professando sua fé para afastar nossos sofrimentos de mortais e rezar para avaliar até onde ela conseguirá resistir às alegrias terrenas. À medida que suas coxas foram sendo tomadas pela tristeza, seu coração se fechou. A conexão é óbvia. Ela sabe disso tão bem quanto eu, mas jamais o admitirá. Jamais.

Quando fui lá fora tomar um café com ela, percebi que a cama de Fignolé estava vazia e os lençóis intactos. Diante dessa evidência, meu sangue gelou, mas não deixei transparecer nada quando ouvi Angélique abrindo a porta do quintal. Ela disse apenas:

"Joyeuse, Fignolé não voltou essa noite."

E eu respondi:

"Sei."

Usando esse jeito de diva inspirada no qual eu me visto quando meu coração quer disparar em galope, acrescentei:

"Deve ter dormido na casa de um amigo."

Angélique não fez comentário nenhum, mas eu sei que ela não acreditou em mim. Apesar de seus modos de devota, Angélique é esperta como macaco velho. Quando ela se afastou novamente em direção ao quintal, aproveitei para dar uma olhada rápida atrás do único móvel da sala, ali, onde o fundo está soltando e onde Fignolé costuma esconder os textos das músicas que ele escreve. Por gosto do segredo, pelo efeito também de uma adolescência que ainda se arrasta. Com seus mistérios, suas violências e suas brincadeiras. Sem pensar um segundo, introduzi minha mão no interior. Embora eu pensasse encontrar somente papéis, minha mão tocou um objeto metálico e frio. Na hora, entendi que era uma arma. "O que será que Fignolé está fazendo com uma arma?" Eu a puxei para fora a fim de observar atentamente e conseguir me convencer. O cano, o gatilho, a coronha. Fechei os olhos por uns minutos para aguentar sem vacilar a música violenta do meu sangue ameaçando me sufocar. Minha mão tremia.

Foi então que me lembrei dessa lenda contada pela Mamãe no cair de uma das noites da minha infância. Uma mulher tinha acumulado toda a força do mundo ao engolir uma pedra sagrada, presente de um mago. Desde então eu guardo, aqui no meu peito, uma pedrinha imaginária cinza, como um amuleto contra os malefícios desta ilha. Pensei com força em minha pedrinha cinza, enquanto eu guardava a arma sob a minha camisola junto aos papéis que tinham sido dissimulados na fenda. De volta para o quarto, coloquei a arma numa caixa em cima do armário e guardei os papéis na minha bolsa, ao lado da cama. Apesar de todas as acrobacias que eu tinha feito, apesar de todas as idas e vindas, Mamãe não tinha percebido nada. Deitada sob os lençóis, ela só deixou escapar um longo gemido que conseguiu conter ao se virar na minha direção.

Minutos mais tarde, Mamãe veio até o quintal, eu estava apenas começando a tomar meu café. Ela disse somente: "Uma de vocês sabe onde Fignolé passou a noite?" e não esperou resposta nenhuma. Obviamente, Mamãe está sofrendo. Mamãe sofre em silêncio. Algo foi arrancado dela. Ela está por inteiro nessa ausência, nesse grande buraco vazio, por inteiro no sofrimento e na espera de Fignolé, mas ela não dirá nada. Mamãe deve ter cambaleado em frente à cama vazia de seu filho e invocou seus *loas* como alguém se agarrando às suas muletas. Mamãe vacila, mas não cai, nunca. Enquanto Mamãe existir, o fim do mundo não acontecerá.

Apesar das curvas acumuladas com o passar dos anos, Mamãe continua linda. Não mais dessa beleza escandalosa de alguns anos atrás. Mamãe é uma rainha em declínio e, hoje de manhã, uma rainha triste. A espera transformou sua boca numa ilha selvagem no meio do rosto com olhos de horizontes distantes. Mãos nos joelhos, balançando o corpo, ela murmurou:

Santa Maria Mãe de Deus...
Rogai por nós pecadores...

Da ausência de Fignolé ela não disse uma só palavra. Nenhuma. Preferindo afinar sua voz com a chicotada de *rigoise** que Angélique aplicou nas costas de Ti Louze. Nas pernas frágeis de Gabriel. Eu me junto à Mamãe nesse estranho concerto no qual, logo, urraremos as três juntas. No fundo, sabemos que Ti Louze e Gabriel estão alheios a esses berros. Alheios a essa ira. Mesmo assim, urramos. Urramos porque não podemos falar da única coisa que nos aliviaria. Da única coisa que nos devolveria nossa humanidade. Nossos sofrimentos começaram há tanto tempo. E aqueles a quem direcionamos nosso rancor estão longe demais. Ti Louze e Gabriel, por sua vez, estão ao alcance das nossas vozes, ao alcance das nossas mãos. Somos cruéis por falta de escolha. Más por obrigação.

A respiração entrecortada por causa da raiva que está quase o sufocando, Gabriel olha para suas pernas com atenção. Está receoso de que o chicote tenha deixado marcas muito visíveis. Está com receio de que os amiguinhos da escola zombem dele. Ti Louze está fungando ruidosamente. Ela não tem mais palavras, nem para pedir alguma clemência: "Por favor, por favor..." Um fio de sangue escorre das duas ou três feridas que ela fez ao tentar aliviar a coceira das mordidas de percevejos da velha esteira de palha desgastada. No meio dos seus soluços, Ti Louze chama a morte, mas esperará para ser atendida. Ti Louze e Gabriel devem achar que o mundo é injusto e eles não estão enganados. Gabriel vai se acostumar. E mais cedo do que ele imagina. Para Ti Louze, os dados já estão lançados. Todos. Ti Louze e suas tranças curtas como a metade de um dedo. Uma verdadeira cara de africana que não lhe trará nenhuma chance nesta ilha. Ti Louze, tão negra que se torna invisível.

Após um momento, possivelmente cansada dessa cena, Mamãe pediu para chamar Paulo, o filho da Sra. Jacques, a vizinha, sem mencionar Jean-Baptiste e Wiston, que moram na outra ponta da rua. Esperando a chegada de Paulo, ela não parou de esfregar seus antebraços, para aquecer o sangue.

Apesar de um céu cor de madrepérola rosada, a singularidade da noite ainda nos petrifica até os ossos.

Sentada aos pés da Mamãe, tomo meu café em silêncio. Penso em Fignolé. Onde será que ele pode ter passado a noite? Por que será que ele escondeu essa arma atrás do móvel? Por quê? Penso em Luckson. Na calça jeans que eu vou colocar agora de manhã. Olho as unhas dos meus pés, das minhas mãos. Meu esmalte, de cor salmão, começa a descascar.

5

COMECEI MINHA RONDA às sete horas, como sempre. Quando cheguei, refiz os mesmos gestos cotidianos para afastar a dor que, inevitavelmente, eu veria desfilar de ambos os lados do corredor, ao passar pela grande sala da enfermeira.

De manhã, para Gabriel foi difícil acordar e rever as lições da escola. Decerto, outras imagens desfilavam por trás das suas pálpebras. Não há o que fazer, esta noite meu medo deve ter invadido os recônditos de seu sono. Mesmo assim, quando ele acordou, eu o castiguei com o chicote. Vai saber porquê! Um espírito maligno vibrou, atiçando as brasas: "O chicote nunca fez mal ao negrinho ou à negrinha. O chicote nunca fez mal..." E eu batia. E eu batia... "Por mais que Fignolé dissesse todas essas suas palavras bonitas sobre o sofrimento e a injustiça, Ti Louze deve se considerar feliz que nós a tenhamos tirado lá do campo." E eu batia, e eu batia. "Ou, então, numa hora dessa ela já estaria morta de tanto comer raízes e tomar a água fétida das lagoas." Bati até meu braço doer, até ficar exausta.

Agora, me arrependo das chicotadas. Eu me arrependo de não poder mais desfazer o que fiz. Eu só tinha essa violência para enterrar a minha dor bem longe. Bem longe. Essa violência me deixa um gosto de lama e de cinzas na boca. Por causa do chicote, parece que Gabriel não me reconheceu, eu, sua mãe, quando eu o forcei a me dar um beijo na hora em que ele saiu de casa. Até ele desaparecer no fim da rua, eu não consegui tirar os olhos dele.

Sem saber, Gabriel está me devorando silenciosamente. Ninguém sabe. Com o Gabriel começaram minhas noites em branco, minhas manhãs desoladas. Com Gabriel começou minha solidão, só minha. Com a criança começa a solidão de todas as mulheres... Mas, chega de grandes sentimentos. É nesse ponto que eu, Angélique Méracin, aguardo Joyeuse. Minha irmã tão livre, tão livre...

Seguindo a rua, fui cumprimentando os vizinhos no caminho: "Bom-dia, Sra. Jacques, mestre Fortuné, bom-dia, *boss* Dieuseul, Willio, bom-dia, Wiston, Jean-Baptiste, Altidor, Théolène e os outros." Na loja da Sra. Jacques, dá para achar tudo o que pode estar faltando neste bairro onde gente briga-com-unhas-e-dentes: açúcar que ela despeja dentro de saquinhos de papel, linhas, agulhas, óleo de mamona e mel grudando nas prateleiras, antibióticos, produtos para alisar o cabelo, clarear a pele, cadernos escolares e arroz doado por FOOD FOR THE POOR, mas que a Sra. Jacques nos vende. Assim como ela cobra as ligações telefônicas que recebemos ou passamos do aparelho imundo e fedorento instalado em cima do balcão. A Sra. Jacques guarda as notas entre seus seios volumosos e insulta, impassível, os clientes relutantes, em meio ao esvoaçar pegajoso das moscas.

Jean-Baptiste colocou uma jaqueta estreita demais para seus ombros largos. Ele está empregado há pouco tempo na secretaria da Alfândega. Ele tem uma sorte danada, o Profeta-Presidente, chefe do Partido dos Desprovidos, pois seus homens não empregam, eles recrutam. Jean-Baptiste impressiona todos neste quarteirão, como um chefe. Impressiona Théolène, Altidor e Louidon que, sentados na calçada, ficam observando os pedestres do nascer até o pôr do sol, palitando os dentes, coçando os dedos do pé, assobiando para as meninas e rindo esfregando os joelhos. Batendo as mãos sobre as coxas. Abrindo e fechando as pernas. Boss Dieuseul, taciturno, o olhar sombrio, é o único a passar a maior parte do dia afirmando que o que vai acontecer é um filme que ela já viu. Que o que já aconteceu não é nada perto do que nos espera.

Aqui, cada sorriso tem sua medida, cada palavra, seu peso. Aqui no bairro, vivemos em guerras abafadas entre nós mesmos. Guerras sem vitória. Sem saída e sem glória. Guerras pequenas. Guerras nas quais cavamos todo dia um pouco mais nossas derrotas. Guerras de derrotados cuja história nada mais é senão um cômodo escuro, cheio de ruídos, de fúria e de sangue. Uma história que faz com que odiemos nossa primeira presença no mundo, o preto-humilhacão da nossa pele.

No corredor central, entre os leitos alinhados de ambos os lados da enfermaria, avanço, passos firmes, ombros eretos, pés levemente abertos para fora. Para não ser alcançada por esse esgotamento que arrasto como a bola de ferro de condenado. Essa rigidez toda no meu andar também vem de tudo o que as minhas narinas sentiram entre estas paredes, dessas imagens, iguais a uma revoada de pássaros selvagens. De tudo o que meus ouvidos ouviram sair das bocas deformadas pela dor. De tudo o que minhas mãos tocaram de vivo ou de morto. Um novelo de nervos à flor da pele o tempo todo. É de se admirar que a minha lucidez ainda persista. Surpreendente que a loucura ainda não tenha me devorado até a medula.

Joyeuse afirma que eu devo ter engolido uma vassoura para andar tão ereta, sem a menor ondulação dos quadris, sem o rebolado esperado de uma mulher, de uma verdadeira mulher, segundo ela. Especialmente de uma mulher daqui. Com frequência, ela polvilha suas palavras azedas com uma pitada de desprezo. “Inacreditável”, repetiu ela, ainda de manhã, passando batom nos lábios e rebolando em frente do espelho.

6

NÃO CONSIGO DESLIGAR meus pensamentos do objeto metálico embaixo da cama. Mal me arrisco a nomeá-lo em minha cabeça. Tantas perguntas me torturam e ameaçam tornar-se uma obsessão. Por que essa arma? Será que Fignolé está se sentindo tão ameaçado assim? Por que não disse nada? Por que será que a deixou dentro desse móvel, se a sua vida está em jogo? Talvez ele mesmo não esteja sendo ameaçado, mas queira proteger um amigo? Quem sabe? Abri minha bolsa às pressas, pensando encontrar uma resposta às minhas perguntas nos pedacinhos de papel que Fignolé deixou. Havia um número de telefone, Ismona, nome da sua amiga, escritos em letras maiúsculas, o bairro de Martissant grifado em vermelho e um verso: *O corpo se joga para cima da bala e a garganta sonha com a navalha.* Embaixo, com uma letra fininha, Maiakovski. Do jeito que eu conheço Fignolé, nada ali foi escrito ao acaso. Tudo tem um sentido. Que eu vou acabar descobrindo. Fignolé aprendeu todas essas grandes e lindas palavras durante algumas escapadas nos cafés de Pacot, de Laboule ou de Piéton-Ville onde, sentados num sofá confortável, eles fazem a Revolução bebendo vinho ao som do trompete de Miles Davis ou de Wynton Marsalis.

Fignolé, por que nos obrigar a respirar em alturas tão difíceis? Fignolé recalcitrante. Fignolé rebelde, habitado pela poesia, louco por música. Fignolé não tem espaço nesta ilha, onde a desordem desmantelou as almas. Fignolé, você está me ouvindo? Atravesse ileso a tempestade e o fogo desta cidade se você quiser, mas volte... Volte logo. Sem danos e sem ferimento. Mais vivo que qualquer *cristão vivo** já foi nesta terra. Fignolé, está me ouvindo?

Saí de casa na mesma hora em que Mamãe, que não quis usar o vestido de florezinhas amarelas que eu comprei para ela na última liquidação na boutique da Sra. Herbruch. Mamãe não só se recusou a usar esse vestido, mas também amarrou um lenço na cabeça como uma camponesa. Eu não tive coragem de dizer nada. Ela estava com essa cara que eu conheço tão bem. Essa cara de quem-não-quer-ser-contrariada. Nenhum deus, nenhuma deusa ainda a tinha *cavalgado**, mesmo assim ela já tinha me escapado. A boca selada como um túmulo. Os olhos voltados para os *Invisíveis*.

À noite, pentearei seu cabelo, e só. Será um prazer, os dedos untados de óleo de mamona, desfazendo uma a uma as suas trancinhas e, em seguida, prender seu cabelo numa única trança acima da nuca. De início, ela protestará, mas me deixará continuar. Como sempre. Entre nós, se estabeleceu esse ritual do qual, afinal, ambas gostamos. Desde sempre. Desde a infância quando, no crepúsculo, ela mencionava o antepassado Saintilhomme, cuja lenda nos ligou uns aos outros. Antepassado que o deus *Agoué** veio buscar um dia para levá-lo de volta à Guiné sob as águas. Ou os contos nos quais os peixes vestem algas fosforescentes. Nos quais os ogros devoram as crianças. Nos quais as estrelas podem ser capturadas na palma das mãos. Ela fez isso até o dia em que o sangue escorreu pela primeira vez entre minhas coxas. Olhando nos meus olhos, Mamãe pediu que, dali em diante, eu tomasse cuidado com os meninos, e parou de falar comigo. De falar comigo de verdade, quero dizer. Foi o parêntese de silêncio. A trégua da adolescência. O fim dessas horas quentes e tão repletas de ternura. Ela se contentava em se certificar de que cada lua nova me trouxesse minha porção de sangue úmido e quente.

Um dia, autoritariamente, ela introduziu seu dedo, querendo conferir se meu corpo já não era um abismo oferecido a todos. Uma ferida aberta atravessada pela brisa. Depois, nunca mais o fez. Logo, eu entendi que havia uma conexão entre esse sangue, o triângulo sombreado entre as minhas coxas e os homens que, às vezes, faziam Mamãe parecer mais bonita, uma chama dançando em cada olho, os quadris como liberados, quando eu voltava da escola e de nossa cama emanava um cheiro de âmbar e de algas.

Eu sentia, também, esse desconforto, esse mal-estar por ocupar uma vaga naquela escola no meio de meninas que me eram estranhas. Mamãe se deleita com a ideia dessa ascensão inesperada da sua filha em direção a um mundo de decorações, rendas e babados, mas nunca imaginou a violência que isso significa para ela. Nunca. De início, eu recusei o papel da ingênua que teria roubado bijuteria por engano e só o percebera depois. Escolhi ser a gatuna de joias de brilho ilusório. Que está consciente disso e persiste. Sem arrependimentos. Sem nostalgia inútil. Na adolescência, tinha dentro de mim um vulcão que eu acendia sozinha, sem palavras, todas as manhãs. Hoje, já que esse vulcão não se apaga mais, Mamãe e eu só trocamos de lugar e de papel.

Tenho vinte e três anos e sou a mais forte.

Agora, Mamãe me deixa continuar e me escuta, sentada entre meus joelhos ou eu em pé atrás dela. Saímos do silêncio de novo. Eu falo dos meus vinte anos que me excitam, da minha fome enorme de vida, da minha certeza de que não há a quem se queixar contra as agressões do mundo.

Mamãe sabe melhor que ninguém como se manter sozinha em seu silêncio. Ela sabe nos amar nesse silêncio como no ponto mais quente da terra. Como a luz envolve o mundo. E contra seu amor, toda a fúria, todo barulho dos outros serão impotentes. Sei disso como sei que ninguém vai amar Ti Louze. Como sei que a crueldade dura e fria também mora no coração dos derrotados. Uma certeza contra a qual Fignolé sempre opõe centenas de explicações e milhares de obstáculos.

A Sra. Jacques nos reteve na porta de sua loja. Ela quis nos tranquilizar em relação a Fignolé: "Ele vai voltar mais tarde", repetiu ela com insistência. "Paulo tem certeza disso." Hoje de manhã, a Sra. Jacques não está nada bonita de se ver. As preocupações das últimas semanas deixaram seu rosto abatido, em frangalhos. Hoje de manhã, a Sra. Jacques está mais velha do que todas as mulheres passeando descalças na poeira do Antigo Testamento. Mais velha que Rebeca. Mais velha que Judite. Mais velha que Jezabel ou Sara. Um pouco depois, mestre Fortuné correu ao encontro da Mamãe, se contentando em reter suas mãos úmidas entre as dele, inclinando a cabeça em direção aos seus seios. Fora a Sra. Jacques e mestre Fortuné, Mamãe não se arrisca a contar segredos aos outros vizinhos. Especialmente a Sra. Descat, nossa vizinha da direita, recém-chegada no bairro. Mulher de peitos generosos que, visivelmente, clareou a pele do rosto com cremes decapantes. A Sra. Descat, de quem não sabemos o suficiente para confiar, mas sabemos demais para dividir nossas desgraças com ela. A Sra. Descat recebe visitantes fascinados, certamente, com essa falsa *grimelle** que ela se tornou e que nos olham com ares arrogantes e autoritários. Mamãe esboça sorrisos largos para a Sra. Descat que os retribui com a mesma hipocrisia. Eu não. Dá para ler no meu rosto que eu fincarei os dentes primeiro, antes de ser mordida.

Hoje, a desconfiança rasteja em suas veias como um líquido escorrendo. Bem mais espesso que o da desconfiança de sempre. A desconfiança que os mais velhos sempre nos obrigam a manter em relação aos que nos são idênticos. Com a desgraça, a desconfiança compõe a única herança que nós, os derrotados, compartilhamos de verdade. Que se encontra marcada, não ao lado de nossas perdas, mas sim ao lado dos nossos ganhos. Vai saber porquê!

Mamãe repete o tempo todo que os vizinhos não são mais o que eram. E que, ainda bem, tem o mestre Fortuné. "Sem mestre Fortuné, ninguém aguenta nesta cidade. Não temos futuro." Mestre Fortuné é capaz de, num piscar de olhos, mandar instalar uma conexão clandestina de água, de luz ou entregar para você uma certidão de óbito, de nascimento ou de conclusão de qualquer curso. Alto e forte como o tronco de um *mapou**, os ombros arqueados, olhos furtivos, ele atravessa as desgraças com passos lentos. Mestre Fortuné não é mestre em nada senão em encrencas e trapaças. Mestre Fortuné existe somente para se certificar de que nenhum centavo irá engrossar os cofres do Estado. Nenhum. Grande agiota, mestre Fortuné empresta *au poignard* *. Mestre Fortuné é o fruto de uma mistura de raças da qual rejeitamos todas as virtudes para ficar só com os defeitos. Ele está instalado em nosso grande caos como um peixe dentro d'água, se deleitando com a vastidão marinha. Ele jogou um véu imenso sobre seu passado. Véu que ninguém levanta. As más línguas dizem que ele desviou recursos de um ministério e que se saiu dessa com um passe de mágica. Outros afirmam que, após ter sido sustentado por uma dona de bordel no Cap-Haïtien, ele espoliou algumas viúvas solitárias em Curaçao e consolou, em Fort-de-France, esposas entregues ao tédio. Por que será que veio encalhar entre nós? Nunca saberemos.

Verdadeiro camaleão, mestre Fortuné sabe tomar a cor do poder da hora e pintar tanto sua língua quanto seu cérebro. Mas não podemos falar da sua alma. Para tais atividades, mestre Fortuné não se apega a uma alma. Ainda bem! Para ele e para nós que vivemos neste bairro de casas de argamassas, paredes tortas, meio inacabadas, meio pintadas, exibindo suas tripas de metal como cabelos eriçados. Este bairro onde, por pouco, escapamos do bafo fétido dos becos que, em outros lugares, mais para baixo na cidade, entre as espeluncas, se enojam mutuamente. Estamos vivendo numa fruta cuja metade está com larvas e a outra metade está podre, mesmo assim, dentes ávidos ainda podem mordê-la. Mas, de qualquer maneira, vivemos num bairro de derrotados. Com motivos de alegria sem manchas, ampla, profunda e de coisas feias, terríveis e, no entanto, tão humanas.

Agora que estou pensando, Paulo também não mencionou Vanel, o jovem guitarrista da banda. Eu gosto do Vanel, gosto da fragilidade do Vanel. Vanel fica lambendo uma grande ferida dentro de si como um cachorro ferido. Uma grande ferida que ninguém vê. Já faz alguns anos, o Sr. Perrin, professor do Liceu Toussaint, exaltando para sua mãe e sua tia sua inteligência e seu talento, propôs acolher Vanel em sua casa sob o pretexto de planejar para ele um grande futuro. Uma vez na casa do benfeitor, esse não lhe ensinou nem a gramática nem as tabuadas, muito menos a música ou o desenho, mas a intimidade com um sexo igual ao seu. O Sr. Perrin jurou para ele, arfante, a cueca em volta dos tornozelos, o pênis enrijecido entre os dedos, que seria melhor do que com as meninas. Desde então, Vanel oscila entre dois mundos. E Vanel esconde o jogo de todos. Especialmente dos meninos do time de futebol que se encontram na casa de Théolène. Com certeza, ele apanharia se descobrissem que, às vezes, homens lhe pedem que ele seja o homem e, muitas vezes, que seja a mulher. Só eu e minha amiga Lolo sabemos. Quando Vanel não me cansa com suas confidências ou não fica comentando o último episódio da novela *No coração do pecado* na varanda estreita na frente da casa, ficamos rindo como dois cúmplices que não acreditam mais no inferno. Que acreditam que a terra é um paraíso brutal. Eu amo Vanel, amo a fragilidade do Vanel, os cílios longos do Vanel que lhe deixam os olhos úmidos.

Avanço passo a passo. Mas minhas perguntas ficam rodando como num *trese ruban** e vêm assediar meu segredo, raspar minha pedrinha cinza. Fignolé, cadê você? Deus, como eu gostaria de saber onde você está se escondendo!

7

AS PALAVRAS DE JOYEUSE não me atingem. Porque, sem saber, Joyeuse está enganada. Muitas vezes eu sorrio por dentro, o orgulho saciado pela sua ignorância. Joyeuse, com sua cabeça de vento, não consegue imaginar o que eu acumulei. Não, não consegue. O que os anos teceram no vermelho da minha carne e na escuridão dos meus ossos. Eu sempre procurei oferecer a todos e a todas minha face de criatura ilesa. De criatura que passa através da vida como através dos furos de uma peneira e que teria deixado a infelicidade lá em cima. Até o olhar mais atento teria que se esforçar muito para começar a entender. A entender de verdade, quero dizer. Que sob a aparente inocência da minha pele se movem as escamas de um animal estranho. Que eu sou mulher e que meus dias são tecidos por uma espera febril. Febril a ponto de doer. Mulher esbaforida de desejo por desconhecidos... Pecadora! Mas, eu divago, eu divago... Quantos maus pensamentos, Angélique! Quantos maus pensamentos! Não sei mais, ao certo, quem eu sou. Talvez sem a ajuda de Deus e do pastor Jeantilus eu só me tornaria o que sempre fui.

Sei coisas que eu não direi. De outras, eu desconfio. Desconfiar, espiar, adivinhar, concluir. Alma tensa, boca costurada, ouvidos aguçados. Sem dizer nada para ninguém. Nua na minha loucura, nunca estive tão perto da lucidez. Fria e cortante como um facão. Às vezes, eu miro meu alvo como se nada houvesse e me deleito com uma flecha bem afiada. Daquelas que atiçam a curiosidade da Mamãe. Que deixam Fignolé aparentemente indiferente. Mas que fazem minha irmã rugir. Anteontem, ela estava tão furiosa, que vociferou que eu era uma beata prematuramente envelhecida, como uma árvore ressecada. Adotei meu ar mais inocente enquanto, por dentro, eu estava eufórica como nunca. Não há o que fazer, a maldade me alivia. Impotente para desentocar as palavras verdadeiras, cravadas na minha noite, incapaz de esboçar os gestos precisos que mudariam minha vida num estalar de dedos, estou travada numa mecânica de ódio. Eu me ofereço a maldade que solta minhas algemas, arrebenta minhas correntes.

Foi a mesma mecânica que levou Fignolé ao meio de uma multidão delirante, na volta do chefe do partido dos Desprovidos, a saquear uma mansão da cidade alta com sua turma de amigos do bairro, Paulo, Jean-Baptiste e Wiston. Todos acreditavam fugir para sempre da desesperadora dor do país perdido, humilhado, pisoteado. Nada ganharam além de outra onda de esperança, logo esquecida. Aparentemente alterados, eles se juntaram ao bando de miseráveis sujos e perdidos. Multidão barulhenta, fedorenta, desobediente. Multidão exaltada ao extremo pelo álcool, a maconha ou sei lá mais o quê. Fogos subiam das barricadas construídas às pressas. Na febre. No sopro vibrante das *lambis**. Os tambores enchiam a cidade com os ritmos guerreiros da antiga África. Um canto poderoso como um rio fazia estremecer a multidão. Braços se agitando. Cabelos soltos. E pernas abertas como uma possuída. Homens, mulheres, crianças, idosos estavam enlouquecidos pela mistura da ira com a alegria e a fome. Os que corriam, descalços, pareciam indiferentes à dor causada pelas garrafas estilhaçadas, os pedaços de metal retorcidos e as farpas de madeira cobrindo o chão. Eles levavam num vaivém frenético tudo o que estivesse ao alcance das mãos, colchões, eletrodomésticos, quadros de mestres, como se fossem troféus de uma grande batalha. Disseram que o corpo de um homem jazia na entrada da casa. Rumores ou realidade? Quem sabe? Executado, linchado. Talvez ambos. Teria morrido ali, na calçada, culpado, sob um sol direto e rígido como a fatalidade. Será que Fignolé, embriagado pela multidão delirante, também lançou uma pedra ou passou por cima do corpo sem sequer perceber? Isso, tampouco, eu nunca soube.

Quando, no fim da tarde, ele voltou para casa, uma televisão em cima da cabeça, eu o repreendi com severidade. Uma onda jorrou do meu peito como uma inundação. Minha raiva produziu tão pouco efeito sobre ele, que ela acabou desaparecendo por si só. E, conforme minha raiva adormecia, olhei para Fignolé com uma admiração que surpreendeu a mim mesma. Dentro de mim um fogo misterioso, de repente, começou a crepitar. Senti que estava crepitando porque eu o aprovava. Sim, eu o aprovava. Entendi, nesse dia, que há motivos para se tornar mau quando somos subjugados. Quando a vida não tem saída, nem para você nem para seus semelhantes, desde o início do mundo, e que um homem, um dia, por uma vez, lhe indica uma saída. Então, por mais estreita, mais baixa e mais escura que ela seja, você mergulha de cabeça. Eu mergulhei de cabeça. E é possível que o faça novamente. Quem sabe?

Foi só à noite que a vergonha da Bíblia, das homilias do pastor Jeantilus, veio se mesclar ao meu ódio. Devagar, mas sem jamais conseguir silenciá-lo. Nunca. É ele, o ódio que, nos dias seguintes, foi alimentando minha alegria de saber que pessoas fora do meu alcance perderam alguma coisa. Uma vez, no mínimo, e pelo ato de um dos meus.

Eu lembro de ter cantado muito alto na igreja no domingo seguinte, olhos cerrados, corpo oscilando da direita para a esquerda, braços balançando acima da cabeça. Para abafar a maldade sob as palavras e a música, não lhe deixar nenhuma chance. Foi em vão. O remorso nunca conseguiu realmente aninhar-se dentro de mim. Ali, onde, exceto eu, ninguém vai. E de onde, às vezes, vem dançar uma centelha em meus olhos, quando me vejo no espelho e provoco um incêndio na minha vida. Alguns segundos. Só alguns magníficos segundos.

Seja como for, seguimos sem notícias de Fignolé. Nenhuma ligação. Nenhuma mensagem. Nada. Absolutamente nada. Joyeuse continuou exibindo seu ar de autossatisfação e de falsa serenidade que tanto me irrita. No entanto, sempre em cumplicidade com seu irmão, ela, com certeza, deve suspeitar de algo, ter alguns indícios. Discretamente, entreguei à Mamãe uma nota de uma *gourde**. Ela pagará a Sra. Jacques pela ligação que eu lhe farei da cafeteria do hospital. Prometi e quero saber...

8

EM PÉ, NA ENTRADA DA SUA CASA, tive que, como de costume, chamar Lolo várias vezes antes que ela viesse até nós. Eu e a Mamãe. Lolo nunca é pontual, mas Lolo é Lolo. Lolo é minha companheira, minha irmã no frenesi da vida. Lolo é uma raposa. Nenhuma menina, nesse bairro de quem-luta-com-unhas-e-dentes-para-não-morrer, sabe como Lolo tirar vantagem de todas as situações. Ninguém sabe barganhar com mais audácia e astúcia nas calçadas da cidade do que ela, uma camiseta, sapatos, uma calça jeans ou sandálias. Ninguém consegue soltar com tanta velocidade palavrões capazes de fazer você perder sua calça ou sua calcinha, ou de chocar até uma dona de bordel. Ninguém. Eu amo Lolo porque seu ser inteiro está do lado do sol, nas vertentes do prazer. E quando meus dias ruins me levam demasiadamente em direção à lua, ela me traz de volta para seu fogo: "Excesso de livros", ela gosta de dizer, "pensamentos demais nessa sua cabecinha, mana." Na adolescência, nossa amizade se firmou por conta das músicas francesas. Transcrevíamos suas letras nas páginas de cadernos da escola. De bruços no chão, joelhos dobrados, pernas balançando de trás para frente, cantarolávamos todas essas letras das quais irradiava o azul da felicidade, sonhando com um homem rico e bonito, branco de preferência, que viria nos levar desse bairro sórdido num carro de luxo ou de avião, até mesmo de iate.

Se você não existisse
Creio que eu te inventaria

Trocamos essas músicas muito antigas pelos reggaes de Bob Marley e de Janesta, os *meringues** de Djakout Mizik e os tambores de Boukman Eksperyans e de Azor. Se, num passado ainda recente, as mães, as irmãs e as esposas nos achavam adoráveis, hoje já não é mais o caso. Nem um pouco. Agora, Lolo e eu formamos uma equipe contra o desagravo público. Uma dupla terrível. A adversidade é o fogo que nos aquece e nos une uma à outra. Iguais a dois Sioux ou dois Cheyennes que teriam selado um pacto, com o sangue dos nossos pulsos. Almas virtuosas, almas sensíveis, abstenham-se. Somos duas assassinas soltas nas ruas de Babilônia. Duas onças à espreita nesta cidade voraz.

Assim que chegamos à idade de controlar o olhar dos homens, as mulheres do bairro começaram a franzir os lábios quando passávamos. A imaginar torturas refinadas que nos deixariam, enfim, horrorosas e disformes. Em vão. Aqui estamos, vivas e decididas a permanecer assim por muito tempo. Abandonadas às suas mágoas e reivindicações cochichadas, proibiram às crianças, meninos e meninas, de conversar conosco mais do que o necessário. Quais estratégias elas desenvolverão na tentativa de afastar seus adolescentes, com os hormônios em ebulição, dos sonhos noturnos onde apareceremos? As jovens mulheres da nossa idade, inclusive Angélique, em vez de se deleitar com o sol ardente que esta quarentena lança sobre nós, preferiram juntar, com tristeza, suas vozes aos berros da matilha. Lá estão elas, esperando um homem que nunca conquistarão, na esperança de que, algum dia, Deus atenderá aos seus pedidos. Já, Lolo e eu, há anos não frequentamos mais nenhuma igreja. Mesmo assim, conhecemos, sem nunca querer prendê-los, alguns desses homens que elas esperam em vão, ajoelhadas, olhos virados para o céu. Assim como Angélique, elas ainda não entenderam que Deus, se por um lado ele sabe doar, por outro não sabe separar o joio do trigo. Então, nós o ajudamos. Só isso.

É com essas ideias que eu vou andando, um passo após outro, Mamãe de um lado e Lolo do outro. Uma camiseta amarela realça os seios nascentes de Lolo e uma calça jeans modela suas nádegas. Só negra para ter seios e nádegas assim, já que é magra como um palito. No fim da rua, os machos do bairro, de todas as idades, nos observam passar, lambendo os lábios como cães. Só para dar uma despertada, tensionar o ardor, à espera do horário da partida de dominó. Passando as horas, o barulho das peças será encoberto pelas conversas animadas sobre partidas de futebol, aparição de criaturas sobrenaturais, homens com chifres de cabrito, boi sorrindo com um dente de ouro na boca, ou pelas gargalhadas irreverentes a respeito de suas proezas viris. Difícil ouvir essas vozes e essas risadas sem pensar na dor que está se escondendo nos olhos, no peito, na lombar, e nas panturrilhas cansadas de correr atrás do nada. Essas vozes e essas risadas também explicam porque a desgraça continua achando todo o espaço necessário nesta ilha para deixar que suas asas nasçam e cresçam, mas não espaço suficiente para ficar sozinha. Então, nós balançamos como uma *dodine**. Incrível como é possível ficar esperando neste país. Sem fazer nada. Inacreditável! E o tempo passa. E o tempo passa... E a terra está se decompondo devagar. Devagarinho... Eu, Joyeuse Méracin, não estou esperando. Faço e desfaço.

Wiston e os outros instalaram uma mesa e quatro cadeiras bambas logo abaixo da placa *Le Bon Berger* do atelier de serralheria de boss Dieuseul. Alguns deixarão a mesa de jogo por um momento para vadiar sob outros telhados, disseminando por aí seu sêmen, e só voltarão uma hora depois. No dia seguinte. Daqui a três dias. Ou talvez nunca mais. De qualquer forma, nesta ilha todos os homens estão de passagem. Os que ficam mais tempo, estão um pouco menos que os outros, só isso. Nesta ilha, só há mães e filhos.

Encostado na parede, a perna direita dobrada, Jean-Baptiste, sem pressa, fuma calmamente seu cigarro. Pelo visto, Jean-Baptiste os impressiona. Ele está sentado no trono deste pequeno reino. Jean-Baptiste é um reizinho se deleitando com o cheiro do rebanho. E se, por um lado, esse gado está mais do que ocioso, por outro, boss Dieuseul arranjou uma forma de ser, ao mesmo tempo, ferreiro, pintor, eletricista e curandeiro divino. Com o martelo na mão, boss Dieuseul ergueu seu rosto longo e macilento. Somente o tempo de dizer que, em meio à indiferença geral, logo os homens se contorcerão dentro da tormenta. Que as mulheres chafurdarão na pestilência de seus sofrimentos. Que os rios se encherão de vísceras e de sangue. E sei lá mais o quê... Depois, seus olhos de peixe, parecendo sair da testa sob o efeito de uma dor remota, se fixaram novamente em suas mãos.

Jean-Baptiste gira completamente o tronco. Passando à sua frente, de braços dados com Mamãe e Lolo, reparei em seus dois olhos embriagados de tanto olharem para mim. Jean-Baptiste não consegue evitar de olhar para mim. Não consegue. Mas Jean-Baptiste não me olha. Jean-Baptiste me desnuda. No fundo, Jean-Baptiste acredita que eu não escolho. Que eu me deito com o primeiro que aparecer, bastando que estale os dedos. Ele espera fazer esse barulhinho seco entre o polegar e o dedo médio para que eu me ponha aos seus pés. O olhar da Mamãe, que se fixa sobre ele por um instante, parece lhe dizer: "Você terá de dançar em cima do meu cadáver para possuir essa menina que está andando ao meu lado, mocinho." Jean-Baptiste, sem bravura para sustentar o olhar da Mamãe, desvia a cabeça. Estou desconfiada de que Jean-Baptiste, arquejante e ofegante como cachorro velho, já serviu a Ti Louze aquela coisa escondida em sua calça, como uma ameaça, depois de a ter encurralado à tarde num canto qualquer. Jean-Baptiste é um porco.

Deixo Mamãe e Lolo, intrigadas, no fim da rua, e desapareço alguns segundos torcendo para que o único telefone público do bairro esteja funcionando. Eu digito o número inscrito no papelzinho de Fignolé e caio na caixa postal me pedindo para deixar um recado. O que eu, obviamente, não faço. Por prudência, claro. Deixo para tentar novamente depois. Lolo e eu acompanhamos Mamãe até o ponto de *taps taps**. Ela se despede, mas não presta muita atenção às nossas recomendações: "Se você escutar tiroteios, se..., se..." Ela acenou com a cabeça, mais nada. Seguimos dois rumos diferentes, Lolo e eu em direção à cidade alta, ela em direção àquele subúrbio populoso em que mora tia Sylvanie.

O bairro da tia Sylvanie se encontra no limite de outro, mais pobre ainda. Porque nesta ilha, a miséria não tem fim. Quanto mais você cava, mais miséria você acha, sempre pior que a sua. Então, entre Sylvanie e o que ainda não tem nome, só há água estagnada. Saturada de lodo e de lama. Chega a dar náuseas, uma ânsia capaz de fazer as tripas saírem pela boca. Lá, do outro lado, onde as vidas se equilibram entre cascas de qualquer coisa que se coma, cadáveres de animais, incontinências dos velhos, rostos sujos de meleca das crianças e água azeda rejeitada pelos estômagos famintos. Com frequência, ao lado dos cachorros e dos porcos, surgem silhuetas sinistras. Costas curvadas, elas se amalgamam aos bichos. Quando elas não brigam com eles por restos de comida, eles estão fuçando furtivamente lado a lado, no fedor e na podridão dos detritos. Muitas vezes eu me inclinei, olhos semicerrados, mão na testa para enxergar melhor e me convencer de que essas criaturas não eram nem cachorros nem porcos, mas *cristãos vivos* como eu e você, homens, mulheres, crianças, idosos sem outra escolha a não ser se levantar, viver, comer e fazer ali mesmo os filhos e suas necessidades. Centenas de milhares de seres que vieram à cidade como se fosse o Paraíso e só acharam esse inferno a céu aberto. Ti Louze pode se considerar feliz de ter nos encontrado. Deus, se foi ele quem criou esse mundo, eu lhe desejo que os remorsos o torturem.

Da outra margem, observo frequentemente esse mundo como alguém que, numa batalha campal, tivesse escapado por um triz da lâmina de um facão afiado ou das rajadas de uma metralhadora. E que não consegue ainda avaliar sua sorte. Quem pôs os pés, uma única vez, nesse bairro sabe para sempre por que, às vezes, as ruas abrem as pernas para quem der mais ou jogam sangue nos calendários. Impossível não saber. Impossível!

A noite foi perfurada pelo crepitar das armas. A cidade, grávida da besta imunda, segue em sua luta sorrateira. Sob a ordem do chefe do Partido dos Desprovidos, nos bairros da periferia, os bandos armados misturados à polícia querem, mais uma vez, tomar a cidade e liquidar os rebeldes, uns depois dos outros. São perseguidos por todas as ruas, por todos os becos. Os mais felizes escapam geralmente com o corpo crivado de balas. Cortam a cabeça dos mais infelizes para exibi-la com o braço erguido ou na ponta de uma estaca, e os queimam como tochas ou os mutilam para entregá-los aos porcos.

Por que será que Fignolé grafou Martissant em vermelho? Por que o nome de Ismona está ali, escrito em letras maiúsculas? E esse número de telefone? E por que esses versos? Qual é a ligação entre os três? A ligação com o resto? Um longo dia está começando...

9

PROSSIGO COM MINHA RONDA, como se nada houvesse acontecido. Administro gotas, distribuo comprimidos, ordeno às auxiliares de enfermagem que troquem os curativos. Uma delas, contratada há uma semana, mal sabe diferenciar seu lado direito do seu lado esquerdo. Então, tenho que monitorar tudo. Os exames de sangue. O termômetro. E as seringas. Hoje, minha vigilância corre o risco de falhar. Estou preocupadíssima com Fignolé. Estou preocupada com a Mamãe.

Apesar dos nossos avisos, ela quis consultar a tia Sylvanie, "Nada nem ninguém me impedirá". Ainda na semana passada, ela sentou-se na traseira de um mototáxi e foi em frente, atravessando sozinha aquela parte da cidade em que milhares de corpos se cruzam numa mistura de agitação e indolência entre as calçadas e a rua, apesar do trânsito dos *taps taps* e dos ônibus correndo na maior velocidade possível, com um barulho de estourar os tímpanos. Fugiríamos na hora se não tivéssemos medo de, na calçada, tropeçar em outros pés calejados. Os pés dos mendigos, dos carreteiros e dos passantes brigando por qualquer espaço. Então, passa-se de esgueira, ágil, entre três mangas, quatro bananas da terra e duas panelas de ervilhas espalhadas no chão. Os cheiros se espalham por todo lado, ameaçando nos sufocar. Essências de tabaco. Óleo rançoso. Cascas de frutas e legumes. Restos de carnes, provocando brigas entre cachorros esqueléticos. Emanações subindo das axilas e virilhas. Mamãe atravessa esse fluxo esbarrando contra estropiados, crianças com o nariz fervilhando de moscas, mulheres magérrimas, contra aleijados e cegos para, finalmente, passar em frente da barraca, lá no fundo, onde estão suspensos os facões, os *rigoises* e os alfanges, antes de avançar em direção ao bairro de Sylvanie.

Mamãe acredita firme e forte que, na casa da tia Sylvanie, os *Espíritos*, morando em frascos, garrafas e cabaças aguardam para curar as feridas. Para proferir os presságios. Para esclarecer os mistérios. Que a tia Sylvanie sabe despertá-los para amenizar a dor de quem a visita.

De manhã, depois de ter tomado seu chá de *cachiman**, Mamãe mandou chamar Paulo. Ele saiu com Fignolé ontem à noite, não se sabe para onde, seu violão debaixo do braço. Mas, ouvindo a narrativa de Paulo, não obtemos mais informações. Ele estava com a cara de quem passou a noite em branco. De quem estava com medo. E, acima de tudo, de quem tinha fumado, por si só, uma plantação inteira de maconha. Suas tranças rastafari cobriam metade do seu rosto. Falando conosco, ele estava, o tempo todo, de olho na porta, se pondo na ponta dos pés, isso quando não se virava completamente. Parecia até que estava sendo vigiado. Quando não se mexia inquieto, ele ficava cabisbaixo. Paulo sabe de algo, mas não quer falar. Ninguém me convencerá do contrário. Ele gaguejou três ou quatro frases emaranhadas a respeito de um violão, das cordas que soltaram, de uma das duas coristas que passou mal e de não sei mais o quê. Mamãe não acreditou em sequer uma palavra do que ele parecia estar inventando na hora para nos tranquilizar. Joyeuse, mãos nos quadris, o repreendeu como só ela sabe fazer: “Paulinho, pode ser que você ache que eu nasci ontem. Pode ficar contando suas histórias. Eu não vou engolir qualquer sapo." A única informação certeira que pudemos lhe arrancar foi que Fignolé, lá pelas dez horas, os deixou com Vanel, o baterista da banda, e Ismona, rumo a Martissant. Desde então, nenhuma notícia...

Nos corredores do hospital, o sofrimento deixou os rostos abatidos. Em razão dos cortes de energia, um cheiro de cadáver quente está subindo do necrotério, se propagando até aqui. Pela primeira vez uma náusea me invade. Faço um esforço para ouvir as vozes humanas. Para compreendê-las.

Na sua última internação neste hospital, alguma febre roía as vísceras de Fignolé, o deixando, ao mesmo tempo, gelado e ardente. Fignolé tremia, se arrepiava. Tínhamos todos os motivos para ficar angustiadas. Temíamos o pior. Em pleno meio-dia, no auge do mês de julho, o termômetro marcando trinta e cinco graus à sombra, eu o ouvi batendo os dentes. Imediatamente, troquei os lençóis encharcados de suor, enxuguei seus ombros, peito e costas para ele não ficar resfriado. Esses lençóis, eu mesma tive que trazer, nesse hospital em que falta tudo. Alguns dias depois, um médico passou. Um americano com um sotaque melodioso, igual ao dos filmes de faroeste. Uma verdadeira chance para alguém como Fignolé, que se divertiu, apostando sua vida nos dados, zombando da morte. O médico mudou a medicação e recomendou que ele fizesse o acompanhamento clínico com seus colegas num posto de saúde da parte baixa da cidade. Mas, isso tudo, eu só fui adivinhar depois. O gringo não quis falar com ele na minha presença, alegando que a discrição é um direito do paciente.

Que Fignolé era um adulto.

Que toda doença é um assunto privado.

Ele esperava meu consentimento. Eu o olhei firmemente nos olhos, dei as costas e me afastei em silêncio. Até os estrangeiros me tomam por alguém que eu não sou.

Foi a mesma coisa com John e o padre André. John, um jovem jornalista americano, tinha acompanhado Fignolé em todas as barricadas em chamas que ele tinha erguido para gritar seu ódio contra os homens de uniforme e exigir a volta do chefe do Partido dos Desprovidos, que tinha sido expulso do poder. Fignolé e ele se tornaram inseparáveis por longos meses. Rapidamente, Paulo, Wiston e Jean-Baptiste se juntaram a eles em seus sonhos de insurreição, seus planos de fim de noite e seus conciliábulos de desesperados. Quanto ao padre André, ele lhes dava sua bênção entre dois Padres Nossos e três atos de contrição.

Conhecemos o padre André desde o dia em que chegou da sua distante Bélgica, já faz alguns anos. Depois de cuidar da igreja Sainte-Anne, ele foi mandado para Solino, o bairro populoso da tia Sylvanie. Ele acreditou que eu fosse muito bondosa só porque tinha cuidado gratuitamente de duas pacientes a domicílio que ele me recomendara. No que se refere a John, a história é mais longa. Bem mais longa. Uma tarde, John desceu de um carro alugado com Fignolé. De toda a altura de seu metro e noventa, ele nos deu boa-tarde com um sorriso meigo. Loiro, alto, os lábios finos das pessoas dos países frios e os membros exageradamente longos, foi com dificuldades que ele conseguiu sentar-se na nossa estreita varanda, à entrada de casa. Ao chegar, ele ficou lá, plantado na frente da Mamãe, que olhou para ele com uma insistência inabitual. Sua surpresa foi tal que Fignolé, Joyeuse e eu caímos na gargalhada. Depois, ela confessou achar em John uma semelhança surpreendente com a imagem de Jesus segurando seu coração ensanguentado, pendurada na parede da sala.

Naquela tarde, sentado no degrau da entrada de casa, Fignolé não conseguiu se conter e declarou no tom de quem acabava de ganhar na loteria:

"John é um amigo, um jornalista americano."

John colocou a mochila ao lado da sua cadeira e imediatamente nos disse:

"Eu amo esse país, amo os pobres."

Pronunciou essa frase como outros dizem sou médico, encanador ou advogado.

Antes de conhecer John, eu não sabia que era possível ganhar a vida amando os pobres. Que amar os pobres era uma profissão.

10

AS ANOTAÇÕES DE FIGNOLÉ giram dentro de mim como um carrossel maluco. Como decifrar o mistério desse número de telefone? E esse verso, cujo significado eu desejo desvendar para Fignolé. Significado tão óbvio que me petrifica. O fato de ele ter escrito o nome de Ismona em maiúsculas é coerente com a paixão que se esboçava entre eles. Eu sentia que ele tinha achado em Ismona uma ternura e uma cumplicidade que faziam com que não conseguisse acreditar em sua sorte. Ele que, atormentado pela angústia, procura a dor para se regozijar como se isso fosse uma maravilha. Até a febre. Até a vertigem. Mas agora, contra sua própria vontade, ele chama a *bala e a navalha.* O que será que estava procurando nos prostíbulos da Grand-Rue onde, atrás das cortinas de miçangas, sobre colchões sórdidos, se mesclam os sexos, boca com boca, corpo com corpo? Nem o cânhamo, nem a música o curaram do mundo. Será que Ismona, sua musa solar, sua irmã das noites, conseguirá salvá-lo? Agora de manhã, não o creio. Não creio mais. Qualquer alívio deixará Fignolé perdido. Ele habita o desespero como uma segunda pele.

Eu me preocupo com Fignolé há muito tempo, não pelos baseados que ele anda fumando, mas por não saber aonde o levarão esses baseados. Fico apavorada por causa de sua música. Por causa de sua revolta. Por causa de tudo o que se amalgama e faz excessivamente sentido. Muralhas não são derrubadas pela música, Fignolé. Ela não tem essa força. Eu me preocupo com seu tamanho, seu peso, suas fezes, seu sexo, seu suor, suas lágrimas, sua fome e sua sede. Colocarei o dedo na ferida do seu coração e a impedirei de sangrar imediatamente! Acredite em mim e volte!

Seja como for, não posso me impedir de associar todas essas informações ao fato de Fignolé e Paulo terem se unido aos rebeldes, enquanto John, Wiston e Jean-Baptiste não. Para Wiston e Jean-Baptiste, a escolha é mais simples. É a das privações, essa porta baixa obrigando os derrotados a curvar a cabeça. John, por sua vez, nada mais é senão um homem deplorável, com medo de abandonar suas ilusões e que, para se agarrar a elas, se acomoda com qualquer horror. Já que o sonho morreu lá no seu país, nas ruas de Seattle ou de Nova York, com cassetete e nuvens de gás lacrimogêneo, ele quer ressuscitá-lo aqui, a qualquer preço. Ainda que isso lhe custe a negação de si mesmo, ainda que isso venha a sacrificar nossas vidas. Ele torce e distorce os eventos para maquiar seus comunicados e povoar o paraíso fictício que inventou em sua cabeça. De qualquer forma, aqui, John não corre risco nenhum, John nada tem a perder. John não está no seu país. "Um dia, eu contarei a fome para você, John, as privações que nos fazem vergar a espinha, que abrem nossas coxas, a arrogância dos conquistadores e a humilhação dos derrotados. Contarei o que acontece na cabeça, na barriga e no sexo de um homem faminto. O que acontece na cabeça, na barriga e no sexo de uma mulher que não deu comida aos seus filhos. Eu contarei... Um dia. Aqui, sou a única que o conhece. Que o conhece de verdade, quero dizer."

A ansiedade me deixa exausta, eu não sei mais em que ou em quem pensar. No Fignolé, que não voltou. Na Mamãe, na Angélique ou nos meus vinte anos que me pedem, me suplicam para eu me inebriar de sol, balançar os quadris e esperar ansiosamente que Luckson me enlouqueça.

Já faz tanto tempo que eu não olhei para o céu. Que não prestei atenção a um dia banhado de luz, fluindo até um crepúsculo indolente, de lilás e laranja. Que eu não me entreguei a essa cidade teimosa e devoradora. Por causa da sua energia que transborda, da sua força capaz de me comer, me engolir. Por causa das crianças de uniformes que a incendeiam ao meio-dia. Por causa do seu excesso de carnes e de imagens. Por causa das montanhas que parecem avançar para submergi-la. Por causa do excesso, sempre. Por causa dessa forma que ela tem de me pegar e não me soltar. Por causa dos seus homens e mulheres de fogo. Por causa de... Por causa de...

Já faz tanto tempo que não rio a ponto de perder o fôlego, como naquelas tardes de sexta-feira quando eu ia encontrar com algumas moças do bairro, cujos papéis, hoje em dia, eu e Lolo interpretamos. Enquanto colocam bobes nos cabelos, tomam um suco de frutas ou um refrigerante, enxugando com a mão a fina película de suor logo acima do lábio superior ou as poucas gotinhas que se formam nos flancos do nariz ou na testa. Essas meninas com pernas iguais às palmeiras, nádegas exuberantes, quando a umidade se tornava insuportável chupavam ou mastigavam ruidosamente gelo na porta do único cabeleireiro do bairro. Só para ver os homens passando nos raros carros de luxo, ou olhar com inveja as afortunadas sentadas naquelas máquinas de sonhos. Eu gostava particularmente das noites em que Juanita, a dona do salão, se arrumava para sair. Ela penteava o cabelo rapidamente, pois a escova já estava finalizada desde o início da tarde, cobrindo seu corpo com uma nuvem do perfume de Opium, seu favorito. Uma vez as sobrancelhas desenhadas, de um marrom escuro parecido com aquele sinal, logo abaixo da garganta, ela avaliava seus seios dentro do sutiã balconê, enfiava-se num dos seus vestidos sempre muito justos e calçava suas sandálias de salto alto. Chegava então a hora de ligar o rádio no programa *Noches del Caribe* e ela realizava alguns movimentos de rumba, de chá-chá-chá ou de salsa para se certificar de que nada sairia do lugar. Em seguida, concluía o cerimonial com uma efusiva gargalhada, como se lhe fizessem cócegas.

Esperei quarenta e cinco minutos para conseguir pegar um *tap tap*. No entanto, tinha acordado cedo para não me atrasar e me lançar com unhas e dentes nesse salve-se-quem-puder quotidiano e cruel. Então, uma idosa, a pele áspera como casca de árvore, costas curvadas, gengivas sem mobílias, que estava em pé ao meu lado ergueu o rosto na minha direção e me disse num cúmplice cochicho: "Senhorita, são tempos difíceis. Sabe, na minha época...", fiquei imperturbável. Surpresa, com certeza, mas imperturbável. Porque esse rosto, essa voz, podiam me prender em sua armadilha. Compaixão é um luxo fora do meu alcance. Então, entre mim e a idosa, de propósito, eu ergui um muro, coberto de arame farpado, cacos de vidro e uma inscrição em vermelho: "Cuidado, cão bravo". Olhando para ela, não reparei a tempo a caminhonete novinha em folha estacionando bem do lado de Lolo e de mim.

Óculos escuros, corrente grossa no pescoço, pulseira no braço, anéis nos dedos, sorriso de cachorro rastejante, o motorista nos ofereceu um lugar em seu carro. Tudo nele exalava tráfico ilícito a quilômetros de distância. Eu não esbocei o meu sorriso atrevido, não curvei os ombros, nem enchi o peito. Não aceitei a oferta apesar do olhar suplicante de Lolo, que não resiste a nenhum carro de luxo. Eu poderia ter aceitado, como nos dias de desalento em que, para fazer meu corpo vibrar e aliviar o peso da carteira de um desses machos arrogantes, que têm ejaculação precoce e que possuem a mulher rapidamente, como soldados em campanha, apostei e ganhei. Fiz como se não fosse comigo... Mas, na noite passada, o Fignolé não voltou. Há algumas semanas, um homem me atormenta. Nenhuma das minhas certezas sobre a espécie se aplica ao Luckson. Nenhuma. Sou uma pessoa séria. Apesar dos meus vinte anos. Apesar da minha fome enorme de amar a vida como a amamos aos vinte anos. Com asas de pássaro, um olhar ensopado de sol, um coração pronto para a viagem...

O motorista de sorriso antipático arrancou o carro, fazendo intencionalmente espirrar a água suja de uma poça na sarjeta. Da boca da Lolo, que não tem papas na língua, jorrou ácido sulfúrico expondo todos os atributos da mãe dele. Sua raiva transbordava uma torrente de palavras sombrias. Algumas pessoas ao redor batiam palmas, rindo. Olhei a barra manchada da minha calça, os sapatos de Lolo sujos de lama e, como um zumbido lá longe, ouvi a voz da velha senhora: "Estão vendo, foi o que eu disse, estão vendo..." O que eu mais queria era que ela se calasse, e me deixasse sozinha com a minha raiva. Na hora em que o *tap tap* chegou, entrei empurrando todo mundo, com uma violência que eu ignorava possuir. Uma enorme onda de fúria e exaustão desabou sobre mim. Uma onda gigantesca que me revirou, esgarçando-se em espumas, abatendo sobre mim seu grande corpo líquido, me forçando a provar o sal e a areia da impotência. Tudo se misturou e ficou mais pesado. Tudo o que eu perdi, os seres, as coisas, minha infância. Tudo o que desejei, que eu não tive, que jamais terei. Tudo o que quis conhecer, e não conheci, tudo que jamais conhecerei. Avaliei a imensidão desse vazio até esquecer onde eu estava, o lugar para onde ia, de onde eu vinha também. Sentei no banco atrás do motorista, exatamente o lugar que eu queria. Não fiquei nem um pouco comovida, quando o *tap tap* saiu, e vi pela janela a velhinha desesperada, perdida na calçada e que ainda ia esperar uma boa meia hora sob um sol que já mostrava suas garras. Um sol como uma maldição.

Com essa cidade aprendi uma lição, uma só: nunca desistir de si mesmo. Não deixar que nenhum sentimento amoleça sua alma. Em vez de coração, foi uma matéria dura e bruta que se alojou dentro do meu peito, entre meus seios. Reconheci minha pedrinha cinza. Respirei fundo para me certificar de que ela estava aguentando firme em seu lugar. Nesta ilha, nesta cidade, é preciso ser uma pedra. Eu sou uma pedra.

Espremida no *tap tap*, aos poucos, me deixo levar pelo falatório da Lolo, sentada ao meu lado. Exibindo suas unhas cor vermelho cereja, ela elogiou, durante uns cinco minutos e pela enésima vez, os talentos de uma manicure recém-contratada do salão de beleza onde ela trabalha e coloca unhas de acrílico chinês como ninguém. Exibindo, como argumentos supremos, os dedos bem na frente dos meus olhos, ela acrescentou: "Você deveria se dar esse luxo. Vai, faço no crédito, você não vai se arrepender". Claramente, ela não gostou da minha resposta evasiva, pois deu de ombros, meio ofendida.

Lolo está com o último modelo de celular grudado no ouvido. Estou morrendo de vontade de pegá-lo emprestado e ligar para o misterioso número de telefone. Mas mudo de ideia. Nunca se sabe. Lolo fala muito. Fala demais. Aliás, agora mesmo, ela já está dando risadas com seu novo amante, "seu velho", como ela o chama. Sessenta anos bem rodados e cheio de medo. Medo de envelhecer. E que quer provar sua virilidade no regaço aveludado da jovem Lolo, nas águas da fonte rejuvenescedora dos seus vinte anos. "Então, ele paga", disse ela mais uma vez, listando tudo o que se acha no direito de obter: uma viagem para Miami, implantes de cabelo iguais aos da Naomi Campbell, "Chega, Joyeuse, cansei desse fios, suas cores, o tom sempre errado para fazer tranças intermináveis como as de uma mulher branca", recargas para seu celular e, claro, roupas, roupas até não saber mais o que fazer com elas. Ela me confidenciou que, depois de sua primeira viagem para Miami, voltaria para ninguém desconfiar, mas que, na segunda, ela sumiria nos laranjais da Flórida. "Você sabe muito bem que a miséria e eu não nos damos nada bem. Eu não sou como essas pessoas à nossa volta, esperando que Deus, Nossa Senhora do Perpétuo Socorro, Santa Tereza, *Agoué*, o patrão, o governo ou a revolução venham socorrê-las. Ninguém virá nos salvar, Joyeuse, ninguém. E então, o velho nunca mais verá Lolo." Um mês atrás, curiosa, eu perguntei "Ele é velho como, seu velho?". Ela respondeu como se, concentrada e pensativa, procurasse palavras para descrever uma expedição a uma terra distante, a Antártida ou o Polo Norte: "Velho como algo que é estranho para mim, Joyeuse, como te dizer... Algo que eu não conheço. Velho como a neve, frio como o inverno."

Claro, naquele dia falamos de Poupette, que decolou com um jovem francês sob nossos olhos pasmos e admirativos. Ela voltou, há alguns meses, puxando os *r*, falando um francês bicudo, com vestuário de celebridade, e se hospedou, imagine só, num hotel, nos bairros chiques de Piétion-Ville, lá no alto. Lolo mantinha a esperança de que, ela também, encontraria a ave rara que a levaria embora. "O velho não é nada mais que o primeiro degrau de uma escada, Joyeuse querida." E Lolo murmurou novamente, em meus ouvidos, o que todas nós aprendemos com os cochichos das nossas mães, que elas mesmas aprenderam com suas avós, assim até as antepassadas em suas esteiras de palha nas senzalas e nos porões dos navios. Que, enquanto o mestre suplicante tivesse esperança de achar no ventre sereno das negras, seus quadris frenéticos e esse ponto, úmido e quente, entre suas coxas, onde ancorar sua angústia, saciar sua sede de homem, elas poderiam sair da marcha sem fim dos vencidos.

John não foi exceção. Eu sentia seu fracasso enquanto homem e conquistador sob suas mãos fascinadas, sua língua curiosa, sua boca ávida, seu sexo impaciente. Por pouco, ele começaria a chorar. Ele me chamava "Minha bruxinha de cabelo de carvão". Muito tempo depois de suas carícias já não me comoverem mais, eu o autorizei a me tocar, a explorar mais e mais esse abismo escuro dentro de mim. Eu queria, ao mesmo tempo, aprender as lições carnais e entender esse homem, sua herança de conquistas e minha própria força de vencida. Essa guinada me perturbava. Sim, "perturbava" é a palavra. Ainda não tinha sentido o suficiente minha pedrinha cinza no meio do peito. Não era lúcida o bastante. Nem suficientemente dura. Ainda não sou. Ainda não... Como se ela estivesse lendo meus pensamentos, Lolo não hesitou, e me desferiu um desses golpes finais, sua arma secreta: "O amor das matemáticas nunca levou a nada além da obtenção de uma bolsa de estudos na França ou nos Estados Unidos. E depois? Você está perdendo seu tempo com Luckson, Joyeuse." Pode ser que ela esteja certa. Talvez eu ainda não tenha rejeitado totalmente as complicações do derrotado, da sua história enclausurada por esse mar negro ao redor da nossa ilha como um túmulo?

Na conversa entre Lolo e seu velho, agora de manhã, eles tratam de encontros amorosos, de agradecimentos adocicados e de novos pedidos de dinheiro. Uma barganha à qual eu só presto uma atenção distraída quando, um barulho abafado contra a porta, do lado do motorista, me obriga a me virar. Barulho imediatamente seguido pelo estilhaçamento do vidro de uma janela. Alguns passageiros gritam e protegem seus rostos. Eu me enrosco tal um caracol contra o assento da frente enquanto um rumor, estranho e ensurdecedor, vem da rua. Justificadamente, tememos uma emboscada, como tantas que andam acontecendo nas últimas semanas em toda a cidade. O motorista pisa no acelerador e deixa o lugar. Lolo não soltou seu celular e está contando ao velho, nos menores detalhes, a desventura que estamos vivendo. Do jeito que eu a conheço, tenho certeza de que ela achou nisso uma oportunidade inesperada de subir o valor do leilão mais tarde quando for encontrá-lo. Mais tarde... Ah, Lolo.

Passado o primeiro momento de emoção, o motorista colocou uma fita de música. Só para evitar qualquer comentário dos passageiros a respeito do incidente que acabávamos de viver. E para nos levar dançando às margens do esquecimento. A voz do cantor do grupo Djakout Mizik acabou vencendo o medo que, há muito tempo, jogou seu véu negro sobre a cidade. Levantamos o véu e, num átimo de tempo, a luz volta a banhar o mundo. E até parece que as coisas deste mundo retomam seus lugares. Nós nos deixamos levar por esse *compas** em ritmo eletrônico que canta, na cadência, por que se preocupar, o dinheiro é fácil, a vida é linda e Djakout Mizik descobriu a fórmula da felicidade.

11

ESSE AMOR DE JOHN, nós lhe devolvemos com generosidade. À nossa maneira. Lá no fundo, estávamos todas encantadas com essa presa de Fignolé. Um verdadeiro tesouro de guerra. Já na sua segunda visita, Mamãe pegou sua mão, colocou-o diante da imagem do Sagrado Coração de Jesus. Depois, ela tocou duas ou três vezes na sua barba e seu cabelo para que entendesse bem a ligação entre o Cristo pendurado na parede e ele mesmo. Mamãe sabe fazer as coisas, eu garanto. Ela sabe usar seu charme para manter a atenção das pessoas. Ele gargalhou, mostrando dentes brancos, bem desenhados, e deu um beijo na bochecha da Mamãe. Provavelmente, ele deve tê-la achado *charming* e exótica.

John chegou aqui há dez anos com o contingente de soldados americanos, durante a segunda ocupação de uma ilha onde agora só restam os submissos, voltando com o rabo entre as pernas, e os perdedores, indo embora, ajoelhados. Submissos e perdedores vão se cruzando numa humilhação mútua. Que possibilidades tinha agora um povo cujos chefes foram a tal ponto derrotados e humilhados, senão sucumbir também na banalidade desse desastre diário? Então, quem nesta ilha não gostaria de ter um branco ao seu lado, seja ele pastor, agente de cooperação francês ou de órgãos humanitários? Antigamente, só tinham os *Blancs brancos*, hoje em dia, os *Blancs preto*s entraram no jogo também. O *Blanc* trouxe a desgraça numa mão e a promessa de felicidade na outra. Quem, sendo normalmente equilibrado, não desejaria essa coisa extravagante chamada felicidade, e que fazem cintilar lá longe? Sempre longe. Aliás, foi para nos provar que essa felicidade estava ao alcance de nossas mãos, que John compartilhou algumas de nossas escassas refeições, pagou as notas de farmácia da Mamãe e, durante um período de aperto, até aceitou pagar o funeral de uma prima que não existe. Pegamos o dinheiro em silêncio. Ele adivinhou o subterfúgio, mas entrou no jogo para apaziguar sua má consciência de mensageiro dos céus. Ainda mais que, aqui na terra, ele cobiçava Joyeuse. E a primeira República negra fazia ajoelhar suas mulheres por alguns dólares, uma refeição, uma barra de chocolate. John olhava para Joyeuse, olhava para ela e, com dificuldade, se continha para não fincar os dentes nesse pedaço de carne fresca e devorá-la ali mesmo, sob nossos olhos. E isso, Joyeuse o sentia. Joyeuse já era tão diferente de mim. Alta, suculenta. Tão segura de si mesma. Tão ousada e tão sexual. Sim, soltei a palavra. É bem isso que é Joyeuse. Sexual. Com tudo o que isso compreende e que pode ser imaginado. Dos pés à cabeça ela inflamou John como uma tocha. Com o corpo ainda indefinido, de tão jovem que era, quando John entrou em nossas vidas, Joyeuse já conhecia o poder daquela coisa que ela sabia tão bem carregar entre suas coxas. A cada visita de John, ela tomava o cuidado, sob seu olhar siderado, de se contorcer, elevar uma insuperável parede de silêncio ou gargalhar alto, ainda esbaforida como se tivesse chegado correndo. John se sentia lisonjeado pelo alvoroço causado em Joyeuse, essa jovem negra sedutora, pequena fada com mil feitiços, olhos ardentes como a brasa, quadris encantadores. E eu estava só esperando o momento em que John iria desmaiar ou mordê-la. Conseguia até imaginar o filme cor de café, cana-de-açúcar e mel que John projetava na sua cabeça, ele, novato entre os novatos, que na sua branca América só tinha se aproximado de uma Joyeuse num ônibus ou no caixa de uma loja. John gostava de modo obstinado dessa fruta proibida e estava, claramente, salivando. E eu, Angélique Méracin, como sempre, nada disse.

Joyeuse fingiu inocência na tarde em que, voltando mais cedo do hospital, eu encontrei os dois sozinhos em casa. Mamãe tinha ido à casa da tia Sylvanie e só voltaria no dia seguinte. Fignolé ainda devia estar numa dessas reuniões de estudantes, aprendendo a refazer o Haiti e o mundo. Passando pelo portão, avistei a bolsa de John na varanda. Não fui tão malvada assim a ponto de abrir a porta da sala com minha chave. Por pudor para com eles, atravessei o estreito corredor até o quintal e, lá, propositalmente, fui fazendo barulho com a grande bacia de plástico, cheia de panelas e pratos. Minutos depois, Joyeuse abriu a porta do quintal e, com toda sua ousadia, encostando no vão da porta, ela disse: "John está aqui. Ele está me ajudando com uma lição de inglês." "Claro", respondi com o mesmo olhar árido que ela. Mas, ela não se abalou com a minha incredulidade. Joyeuse já tinha aprendido a música que faz dançar os homens e decidido tocá-la com talento. Até hoje, não sei se foi a prudência de John ou o cálculo de Joyeuse que nos evitou ter de criar um bastardinho mestiço. Não sei.

Durante suas primeiras visitas, inclinado sobre seu caderno, John bebia cada uma das nossas palavras, anotando-as religiosamente. Nossas vidas, resumidas a letras rabiscadas às pressas, sairiam como manchetes lá fora para pessoas fartas de palavras e de imagens. Pessoas que iriam sofrer mais um eletrochoque e se apressariam de nos afastar das suas mentes porque não somos mais toleráveis. Basta, basta!

Eu não gostava muito daquela atenção permanente voltada para o menor dos nossos gestos. Eu tinha a impressão de que éramos como aquelas amostras de urina ou de sangue que os especialistas examinam no laboratório do hospital para encontrar micróbios, confirmar ou refutar infecções. Ele pensou que entre nós havia uma grande cumplicidade simplesmente porque eu cuidava dos doentes e dos indigentes no único hospital público da cidade. Eu, que só estava lá porque não tinha encontrado mais nada a fazer e porque tinha cinco bocas para alimentar em casa. Eu, que só sonhava em me encontrar em outro lugar, lá onde ele, John, tinha nascido, há milhares de quilômetros desse hospital deplorável e desta maldita ilha. E para nos amar ainda mais, John nos imaginou ainda mais pobres do que éramos e eu ainda mais dedicada do que realmente era. Era esse o lindo filme que John e muitos daqueles que são parecidos com ele, nascidos sob céus mais clementes, e em bairros bonitos, projetam em suas cabeças. Todos os dias, o tempo todo. Eu e Mamãe não nos deixávamos enganar, disfarçávamos, cada uma por motivos diferentes. Mas Joyeuse e Fignolé desempenhavam, no filme de John, um papel que eles nem imaginavam. E na época foi melhor assim.

Os anos passaram. E, como sempre, a euforia das primeiras esperanças se dissipou frente a um mundo no qual cada um retomava seu lugar no sofrimento. Numa estação eternamente suspensa. Sem amanhãs. John, por sua vez, achou motivos e bodes expiatórios para todas as derivas do chefe do Partido dos Desprovidos, explicações prontas para todas as desgraças da nossa ilha. Hoje, Fignolé, enfrenta John, enfrenta aqueles ao lado de quem ele arriscou sua vida por um sonho do qual se arrependeu depois que o Partido dos Desprovidos, após a volta do profeta, seu chefe, se tornou dez vezes mais rico que o conjunto dos partidos dos ricos. Depois de demasiado derramamento de sangue. Esse sangue enterrou Fignolé mais fundo em sua noite. E ele foi tomado de cólera diante dessa barbárie que se disfarça sob o rosto da Lei. Dessa cólera, ele não sairá ileso. Posso senti-lo.

Prossigo com minha ronda matinal. A cada dia, faltam-nos mais recursos. Eu não sei muito bem o que dizer a essa mulher à minha frente, suas costas estão descamando e as moscas giram ao redor como uma sarabanda alucinada. Já faz várias semanas que ela não consegue mais se mexer sozinha. Várias semanas que as auxiliares, que já não têm a cabeça no trabalho, não conseguem dar conta, sobrecarregadas pelos eventos.

12

APERTADOS DENTRO DO *tap tap*, verdadeira discoteca sobre rodas, finalmente seguimos em frente, quase surdos, em direção à cidade alta. Vivíamos num presente ilusório, mas isso nos contentava. Avançávamos numa euforia de fachada, um carnaval de dor, esperando Port-au-Prince nos devorar outra vez. O perigo está presente, dissimulado na sombra. Nós lhe mostramos a língua. O dia nos desafia sem o menor dó, o azul do céu nos lança olhares sedutores. Nós lhe retribuímos ainda melhor e mais forte. Estamos ali, do lado de fora, flertando com a vida. Arrancando-lhe mais do que ela gostaria de dar. Estamos ali, do lado de fora, contando os dedos do sol.

Aos poucos, minha raiva foi derretendo. A ansiedade, me encarando com seu olhar hostil, não. Não quero saber dessa farejadora de sofrimentos. Tenho na ponta da língua, nos ouvidos, e nas mãos, tanto gosto de viver. Acabarei sabendo onde Fignolé passou a noite. Talvez tenha desejado ter Ismona só para ele, para sentir outra vez um sabor de areia e de estrelas numa cidade que renunciou, há tanto tempo, às suas fantasias, aos seus sortilégios.

De tanto ficar revirando essas perguntas na minha cabeça, lembrei da manhã em que Fignolé me pediu dinheiro. Eu tinha acabado de receber meu salário e lhe dei. No dia seguinte, ele voltou com um pacote debaixo do braço. A cor do papel de embrulho desse pacote, sua forma, de repente, me recordei de tudo. As perguntas ganharam um ritmo louco e acabaram disparando. Estavam quase me asfixiando. Respirei profundamente, por três vezes seguidas, bem encostada em meu assento e, uma por uma, fui desfazendo suas armadilhas. Em vez de todas essas perguntas, escolhi a espera por Luckson. Por mais insignificante que ela fosse frente à calamidade, ela era minha. Deixei as imagens, os cheiros e a luz despertarem em mim uma outra manhã, seus tons secretos, inesperados, escondidos no mais profundo de mim. Essas imagens, esses cheiros e essa luz, provenientes de algum outro lugar, eram os da ausência, da privação.

De um homem.

Um só.

Um homem comum.

Um homem, desejo dos meus dias. Vontade das minhas noites. Um homem, devorando minha vida. Um homem repousando no langor dos meus quadris. Um homem cuja ausência segue, descendo devagar, até o início das minhas coxas.

Um homem que não realizou nada especial. Que não descobriu nenhuma terra desconhecida. Desse homem, nenhuma rua, nenhuma praça levará o nome. Esse homem continua vivendo, dormindo, respirando em algum lugar desta cidade e, talvez, até já me esqueceu. Eu já deveria tê-lo esquecido. Essa luz vem do fundo dos seus olhos. Esses odores vêm da sua mão perto do meu rosto e do sangue sobre essa mão.

Essa luz, esses cheiros não me deixam em paz desde o dia em que, assim como hoje, fomos todos acordados pelos disparos de metralhadoras, e com a mesma resignação, a mesma raiva cotidiana no peito. Lolo, minha amiga, minha companheira, tinha chegado havia alguns minutos. Estávamos esperando o fluxo de carros e de *taps taps* parar no semáforo, embaixo da avenida John Brown, um dos raros ainda em estado de funcionamento. Então, dois jovens em uniforme passaram correndo, insultando o Partido dos Desprovidos e seu chefe. Um arrepio percorreu a multidão. Nos primeiros olhares que trocamos, eu e Lolo, fingimos indiferença. Questão de prudência. Mesmo assim, eu estava seguindo os meninos com os olhos, pasma de admiração, enquanto em minha volta, eu via rostos se fechando. A multidão acelerou o passo visivelmente. Já do outro lado da rua, eu e Lolo corremos até ficarmos sem fôlego. Outras vozes, cada vez mais numerosas, se juntaram às dos estudantes. Tiros foram disparados. E um capanga na tocaia de um beco atirou várias vezes, provocando pânico e confusão. Então, um rugido de dor e de raiva foi surgindo de todos os cantos. Os vendedores guardaram apressadamente suas mercadorias em meio a um tumulto indescritível. Bancas e mercadorias desabavam, outras foram abandonadas. Se eram os revolucionários, a polícia ou os bandos armados, não dava para distinguir realmente quem chegava pelas ruas adjacentes. Da multidão, emanavam lamentações, gritos e berros. Com uma determinação que eu ignorava possuir, fui dando cotoveladas, abrindo um caminho em meio ao rio de gente que transbordava nas calçadas. Num certo momento, Lolo se agarrou à minha blusa. E a multidão me levou com ela até a porta de uma clínica da rua Capois. A intensidade dos tiros estava aumentando. Tropecei num corpo e evitei a queda ao me segurar num poste da rede elétrica. Um estudante mortalmente ferido me encarou com seus olhos revirados. Quem o matou estava em pé, de frente para mim. Vestido com trapos, totalmente selvagem, tinha apenas dezesseis anos: sem passado, sem futuro, sem parentes, uma natureza bruta, uma ferida em carne viva. Sem piscar, ele olhou para mim com uma ironia glacial. Eu me esforcei para não regurgitar minha refeição da manhã. Três mulheres sumiram por uma viela, esbarrando em mim ao passar. Senti o pânico crescendo no meu peito. Olhei para trás e não vi mais Lolo. Uma mão me pegou pelo pescoço e me puxou para trás de um portão. Escutei claramente uma voz de homem: “Venha.”

13

FUI CONFORTANDO os pacientes conforme eu passava, dando gotas, distribuindo comprimidos, mandando os auxiliares trocar os curativos. À direita, a moça que deu à luz está compartilhando o leito estreito com seu bebê. Após o desaparecimento de uma menininha, três meses atrás, as mães não querem mais se separar de seus recém-nascidos. A administração não insistiu e deve até ter adorado a ideia de reduzir o número de funcionários, assim como as despesas. Hoje, do berçário só resta o nome, pois os colchões, as cadeiras foram aos poucos sendo roubados, antes que os vândalos, que certamente já estudaram a forma mais rápida de remover os berços, comecem a agir. Do lado esquerdo, parei para segurar os dedos distorcidos daquela idosa agonizante, tentando, em vão, adivinhar o que seus olhos velados pela camada leitosa da catarata tinham para contar. E tem esse homem, robusto e silencioso. Em quarentena. A dois leitos de distância da idosa. Ele chegou na semana passada enquanto eu estava no plantão noturno. Surgiu tal uma aparição. Tudo nele se fundia à noite. Seus olhos. Sua coragem. Seu silêncio. Tão forte que era impossível evitar olhá-lo, até em sua dor. Às minhas perguntas, ele respondia sem aparente desconfiança, mas eu sabia que, lá no fundo, ele desconfiava. Como todos nós. Nesta ilha, somos feitos assim. A esse jogo dedicamos a maior parte dos nossos dias, por não ter ao nosso alcance as pessoas de quem realmente deveríamos desconfiar. Pode-se dizer que desse homem eu não sei quase nada, além do fato de sua úlcera no estômago ter sangrado pela primeira vez na véspera da sua chegada a este hospital.

Há quase um ano, no dia exato em que ele saiu desse hospital, Fignolé berrou ao entrar no quarto ocupado pela Mamãe e Joyeuse:

"Nunca mais, Angélique, está me ouvindo, nunca mais eu voltarei a pisar naquele lugar!"

E continuou dizendo que ele preferiria morrer em casa ou na rua como os indigentes, os cães errantes, a ficar um segundo a mais entre os muros daquele hospital. Que o que ele mais temia, não era tanto morrer, mas sim acordar naquela prisão branca. Se deparar com o horror da manhã e uns vinte homens ao seu redor, abrigando o mesmo medo dentro do ventre. Ele disse isso se dirigindo à Joyeuse, que o abraçou e lhe deu um beijo. Sentados na grande cama da Mamãe, eles não se preocuparam com a minha presença. Sem perceber, eles me atormentaram, me feriram com suas confidências sussurradas, seus abraços, suas lágrimas, assim como dois gatinhos o fariam com um pássaro. A ideia de segurar as mãos de Fignolé nas minhas me atravessou por alguns segundos. Tempo de eu sentir suas unhas gravarem na minha pele as letras do amor ferido. Tempo de arrumar as pregas da minha saia e a gola da minha blusa.

Saí do quarto em silêncio, seguindo o corredor como esses animais que habitam as sombras.

Daqui a pouco, vou passar rapidamente na frente daqueles dois meninos atingidos por balas, lá no fundo da enfermaria. Clavícula e cova atingidas, para o primeiro. Abdômen e bexiga perfurados, para o segundo, o mais novo. Foram trazidos ao amanhecer. O mais novo vai morrer logo, é só questão de horas. Ele perdeu muito sangue. O outro vai resistir. Mas não vou dizer nada. Assim que chegou, de manhã cedo, a mãe do jovem adolescente colocou um rosário entre seus dedos e passou um escapulário em volta do seu pescoço. Quando me aproximei, o adolescente levantou o rosto, os traços deformados pela dor e o estupor. Estupor de quem conhece as regras e se encontra cara a cara com o inexprimível. Sorri para ele. Como pude. Todos esses adolescentes me lembram Fignolé.

Fignolé, que nunca se deixou recrutar por dogma nenhum, uniforme nenhum, doutrina nenhuma. Que, desde cedo, começou a lutar, com energia e força, contra o que nós chamamos, sem saber muito bem em que consiste, de realidade. Que se exilou numa solidão que imaginávamos radiante, mas da qual ele não conseguiu se defender dos golpes do mundo. Fignolé, incapaz de se inserir nesta vida. De seguir seu movimento, as horas, os minutos, os segundos. Fignolé, incapaz de crescer dentro do que o supera, prefere se arruinar. Fignolé carrega hoje um desespero que queima seu sangue. Tudo começou certamente com a detenção do tio Octave.

Eu me lembro como se fosse ontem daquele incidente que Fignolé presenciou. O reinado do filho do outro Profeta-Presidente vitalício estava chegando ao seu fim. Demorou dias para ele conseguir, com uma voz monocórdia, nos contar. Depois daquele incidente, ele nunca mais foi o mesmo. Nunca mais olhei para ele da mesma forma. E um dia, Mamãe simplesmente me disse: "Fignolé vai se consumir, queimar a própria carne até os ossos. E uma de nós, ou todas as três, será obrigada a recolher suas cinzas."

Um carro, disse ele, freou em frente à casa do tio Octave. O único erro de Octave foi trabalhar como auxiliar contábil num jornal que não deveria ser escrito nem tampouco lido. O incidente aconteceu na zona de Gressier, no sul de Port-au-Prince. Fignolé tinha acabado de fazer treze anos. Ele e os dois filhos de Octave reconheceram Merisié na hora, sua testa alta e sua silhueta esguia como uma bengala. Espécie de ogro lendário que muitos descreviam, mas que poucos conheciam. Diziam que ele possuía poderes imensos e uma capacidade de torturar fora do comum. Começou como *toton macoute*[2], em Fort-Dimanche, Fort-la-Mort[3], com o profeta precedente, o presidente vitalício. Alguns até juram sobre o que eles têm de mais precioso que Merisié é capaz de se transformar em gato, desaparecer ou até mesmo ficar insensível às balas, mesmo as disparadas à queima roupa. Merisié estava sempre acompanhado por Gwo Louis. Esse mesmo que, de propósito, fez cantar os pneus do carro sobre os cascalhos da estrada.

Gwo Louis era o guarda-costas de Merisié. Uma espécie de regimento blindado sobre duas pernas a serviço exclusivo do seu chefe. Merisié, ex-miliciano, tinha conseguido sobreviver ao outro Profeta-Presidente vitalício, óculos redondos e chapéu de feltro preto. Meio funcionário público, meio espião, Merisié era, por excelência, o homem dos trabalhos sujos. Mas, como nesta ilha o servilismo não tem fim, Gwo Louis era o homem dos trabalhos ainda mais sujos que os de Merisié. Isto é, mais sujos que os mais sujos. Gwo Louis, com o peito de um tamanho muito maior que a média, passou o rosto pela janela. Só para os três jovens

---

[2] Membro da milícia a serviço da ditadura (em crioulo haitiano, o equivalente a bicho-papão).

[3] Sob o regime dos Duvalier, Fort-Dimanche, Fort-la-Mort era uma prisão onde eram encarcerados os prisioneiros políticos e os de direito comum.

ficarem admirando sua cara. Uma cabeça tão enorme que era possível imaginá-la esculpida na pedra. Atrás deste rosto se adivinhava o veneno aterrador de um réptil e, sob a espessa camada de gordura, a potência de um animal selvagem. E, é claro, uma enorme idiotice. Sem medida.

Os olhos em chamas, como duas bestas fugidas do Apocalipse, eles saíram do carro, armas à mostra e batendo as portas com força. Eles avançaram em direção aos meninos. Primeiro, Merisié ficou andando de um lado para outro, em silêncio, mãos atrás das costas, olhando fixamente cada um dos meninos. Para começar, Merisié os acusou de querer, sob instigação de Octave, perturbar a segurança dos pacatos cidadãos. Entre querer perturbar a paz do bairro e um crime contra a segurança do Estado bastava um passo, que Merisié deu no segundo seguinte, tratando os meninos de desordeiros. De oponentes ao governo estabelecido. Ameaçou cortá-los em pedaços.

Quebrar seus ossos.

Cortar suas gargantas.

Abrir seus peitos e arrancar seus corações.

Abrir suas barrigas e tirar as vísceras e os intestinos.

Quanto aos sexos, pênis e testículos inclusos, ele prometeu, rangendo os dentes, temperá-los com sal e pimenta e comê-los com arroz e feijão vermelho.

Gwo Louis em pé na entrada da minúscula varanda galeria, tirou deles qualquer ideia de fuga. Ele pontuou o discurso demente de Merisié com sua risada ruidosa e vulgar, sacudindo sua massa de gordura. Para o espanto dos primos, Fignolé avançou em direção a Merisié e lhe perguntou os motivos da sua raiva. Como resposta, ele informou a Fignolé que ele seria o primeiro que iria destroçar. E fez o gesto de mirá-los com uma arma, um após o outro, como nos filmes de policiais e gangsters da televisão. Tio Octave, que estava visitando um vizinho, foi avisado e voltou correndo para sua casa. Assim que ele chegou, Merisié deu sinal para Gwo Louis, que o empurrou, imobilizando-o com as duas mãos atrás das costas. Esses dois homens levaram Octave e nunca mais o vimos.

Fignolé, um metal puro. Que sempre quis pensar por si mesmo. Acredita que a liberdade não é primeiramente um direito, mas sim um dever, uma exigência. Jean-Baptiste e Wiston, por sua vez, não o entenderam. Até John, por mais diplomas que ele tivesse, não podia, não queria acompanhá-lo. Não conseguia entender que, em nome dessa liberdade, ele tivesse se voltado contra o chefe do Partido dos Desprovidos, de volta ao poder, e tivesse se unido à nova onda de insurreição nas ruas. A última briga entre eles foi violenta. Fignolé não hesitou um segundo em gritar sua raiva. Em falar o que achava dele, o aristocrata dos bairros chiques de Filadélfia, que chegou aos Trópicos para aquecer sua alma. Que chegou para se livrar do seu tédio de riquinho espalhando a confusão na vida dos pobres que ele admira como bichos estranhos em pé sobre duas patas. Por causa dessa reviravolta de Fignolé, no filme que ele projeta dentro da própria cabeça, John teve que lhe arrumar um outro papel. Nunca mais o vimos em casa. Sua ausência me deixa indiferente. É tão fácil, no lugar de John, ser simpático e bondoso e inventar histórias de livros e de cinema. John tem um futuro. Nós não temos. Existem pessoas ricas. Outras pobres. Sempre seremos pobres. John, sempre rico. John não é e nunca será um dos nossos.

Olhei para trás antes de deixar a enfermaria e surpreendi os olhos do desconhecido sobre mim, como se fossem mãos. Deus precisa me proteger do olhar desse homem que não deseja nada mais além de despertar em mim o meu maior temor, para sua maior alegria. Assim como esses desconhecidos, à espreita nas estradas.

Deus precisa me proteger dos olhos deste homem que poderia me jogar no inferno.

14

FUI, LITERALMENTE, FISGADA por essa mão desconhecida. Tão forte que eu me desequilibrei, tropeçando na superfície mal nivelada de um beco estreito e curto que levava a uma porta de madeira protegida por uma grade. Uma vez na frente da porta, de repente, me lembrei de Lolo, que eu perdera no tumulto. Pensando no que podia ter lhe acontecido, minha agitação deu lugar a uma angústia que eu mal conseguia conter. Então, gritei para o homem que tinha acabado de salvar a minha vida que a minha amiga tinha ficado lá fora e que, talvez, ela já estivesse morta naquele momento. O homem pediu para eu me acalmar e disse que, primeiro, ia me pôr a salvo, antes de sair em sua busca.

Meu salvador, que eu finalmente consegui ver, bateu com o punho esquerdo três vezes na porta. Olhei para a mão direita que continuava me segurando. Estava ensanguentada. Foi a primeira imagem que eu guardei dele, a mão com o sangue. O cheiro levemente acre do sangue quando, ao me abaixar para arrumar as tiras das minhas sandálias, minha bochecha direita roçou seus dedos. Levantei a cabeça e vi o rosto dele bem perto do meu. Em primeiro plano, como no cinema. Essa imagem apagará todas as outras. E, mais tarde, ela ficará junto com a do corpo inteiro. Depois disso, haverá a voz.

"Abra, sou eu."

A porta se entreabriu. Um jovem, mais magro do que meu salvador, mostrou primeiro seu perfil na abertura da porta e depois se colocou, visivelmente surpreso, à nossa frente.

"Trago uma convidada. Cuide dela enquanto eu vou buscar uma outra."

Meu salvador pegou um pedaço de pano jogado em cima de um móvel e o colocou em volta da sua mão. Diante da perplexidade de seu amigo, meu salvador acrescentou sorrindo:

"Te explico depois."

De novo, olhei o rosto. Escutei a voz. O rosto era bem delineado, viril, marcante. A voz, ligeiramente rouca. Tinha um problema nessa voz, afiada em certos momentos, dando vontade de aparar as arestas. Uma voz como uma muralha que dava o desejo de perfurá-la. Uma voz que já revolvia meus sentidos e meu sangue.

Meu salvador foi embora, seguindo pelo beco novamente, e sumiu atrás da barreira da entrada. Fomos escutando cada vez menos o crepitar das armas. Pouco a pouco, os barulhos externos foram se evanescendo. Na cidade, reinava um silêncio de morte, um silêncio ainda mais assustador que o tumulto. O tempo esperando a volta da Lolo e do meu salvador me pareceu interminável. Inquieta, eu não conseguia ficar parada, levantava, sentava, andava de um lado para o outro e desabava numa cadeira diante do rapaz que ficara dentro da casa comigo. Mas havia bem mais do que o simples medo de morrer ou de ser ferida. Eu não entendia esse espasmo no meu peito, esse nó cada vez mais apertado, essa obstrução na minha garganta.

Quando ouvi a batida na porta, imediatamente me precipitei para abri-la. O rapaz me reteve com um gesto, acenou para eu me afastar em direção à porta dos fundos e colocou o indicador nos lábios, pedindo que me calasse e não me mexesse. Ele subiu numa cadeira encostada na parede e olhou por um buraco em cima da porta. Sem paciência, meu salvador bateu uma segunda vez: "Sou eu, abra." Eu já podia ouvir nitidamente os soluços e gemidos de Lolo. Então, o jovem que ficara comigo se apressou para abrir a porta e na pressa derrubou a cadeira na qual, por minha vez, eu tropecei. Lolo surgiu pela porta aberta como um vulcão em erupção e se jogou em meus braços. Se, por um lado, ela estava aliviada por não ter sido atingida por nenhuma bala perdida, por outro, estava inconsolável pela perda do seu primeiro celular. Ela chorava profundamente e, enquanto eu a consolava, não conseguia deixar de pensar que Lolo, com sua imaginação fértil, já estava montando em sua cabeça um filme de Hollywood no qual ela faria tanto o papel de vítima quanto o de Mãe Coragem, e que ela projetaria detalhadamente diante de plateias arrebatadas. Quando pude levantar a cabeça, vi meu salvador conversando em tom sério com o outro jovem. Ele estava em pé à contraluz na abertura da porta, a silhueta incrustada no sol do meio dia. Eu tentava captar fiapos de palavras, não sabia que já me encontrava dentro do alcance da radiação daquele homem. Deus, quanta vontade eu tinha de fechar os olhos e me deitar com ele! O quanto eu desejava isso! Quando ele virou para mim, seu olhar encontrou o meu e sua risada explodiu como uma goiaba esmagada pela mão.

Lá fora o tumulto tinha emudecido. Aproveitando a calmaria geral, o outro rapaz nos propôs então compartilhar duas garrafas de refrigerante, pão e geleia de *chadèques**. "É tudo o que temos", disse. E ele se apresentou. Soube que seu nome era Evans e que ele ocupava esse piso térreo com sua mãe. Que Luckson, que ele mostrou com a mão, ficava com ele quando sua mãe, que era uma

*Madame Sarah**, viajava para trabalhar em Curaçao. Que os dois estavam estudando matemática na universidade. Escutando essas palavras, Lolo olhou para mim de soslaio. Fingi não ter notado, conhecendo muito bem o sentido daquele olhar.

Luckson se contentou em nos fazer um gesto com a cabeça, mais nada, cravou os dentes num pedaço de pão e sentou diretamente no chão, sem dar atenção ao ferimento de sua mão. Ainda gosto daquela imagem dele. Sentado, joelhos dobrados, peito parcialmente descoberto, cabeça inclinada para trás. Basta eu voltar no tempo algumas poucas semanas e me sinto imersa nessas imagens. Incessantemente.

Lolo, sempre ligeira para avaliar e tirar vantagem de qualquer situação envolvendo criaturas do sexo oposto, se prontificou a nos apresentar:

"Eu, sou a Marie-Lourdes, Lolo para os íntimos, e esta é minha amiga Joyeuse."

Terminei meu refrigerante com pressa para dizer uma banalidade que não me comprometesse. Em seguida, agradeci e avisei que precisávamos voltar para casa. Eles nos lembraram que as ruas ainda não estavam seguras. O relógio da igreja do Sacré-Coeur estava anunciando três horas quando os deixamos. Não havia mais nuvens de fumaça preta subindo dos pneus nos quatro cantos da cidade. O medo abria suas asas de forma mais traiçoeira. Silhuetas furtivas passavam rente aos muros. Atravessamos as ruas desertas como nas margens de um sonho. E pensei em teu rosto, Luckson, em tua boca no teu rosto. Eu já queria prová-la. Te tocar. Queria que fosse meu. O mundo inteiro podia desaparecer. Menos eu e você.

Quando me viu chegar em casa, Fignolé parou de tocar seu violão e olhou para mim.

"O que aconteceu? Você parece toda transtornada. O que é esse sangue na sua camiseta?"

"Não estou ferida, fique tranquilo. Acabei sendo envolvida pelas manifestações na parte alta da rue Pavée. Alguém nos ajudou, a mim e à Lolo."

" Só isso, tem certeza?"

Parecia que havia algo escrito no meu rosto que traía minhas palavras.

"O que você quer que haja além disso? Eu poderia devolver a pergunta. Você está suado. De onde você sai assim?"

"Você sabe muito bem. Então, não me faça perguntas. Não convém deixar a Mamãe preocupada."

Sem dizer mais nada, ele retirou a camiseta, pegou o violão e tangeu as notas de *Redemption Song* de Bob Marley, sua música fetiche:

Redemption Song
Emancipate yourselves
From mental slavery

Escutando as notícias no dia seguinte, entendi que ele tinha acompanhado aqueles que carregavam o caixão do jovem Maxime, circundando o centro da cidade. As palavras do jornalista naquele dia ainda estão ecoando dentro de mim: "Os estudantes hostis ao Profeta-Presidente fizeram questão de acompanhar o cadáver de Maxime até a saída Sul da cidade em direção a Martissant... O drama aconteceu quando centenas deles se aproximaram das grades do Palácio Nacional... Manifestantes foram feridos pelas pedras atiradas pelos partidários do Profeta-Presidente.

Mais tarde, quatro deles foram alvejados com tiros e um foi abatido, enquanto eles estavam tentando fugir nas proximidades da rua Capois."

Esses eventos aconteceram há exatamente um mês. Eu tinha acabado de conhecer o Luckson, um homem de determinação e amor. Esse encontro não me arrancou a certeza, arraigada dentro de mim, de que Fignolé está arriscando a própria vida.

15

NA CANTINA, o cheiro dos remédios e do sangue irrita o nariz. E para quem pensa que nós não estamos cercados por todos os lados, basta sentar perto das janelas para que os vestígios dos odores de fritura, de óleo rançoso, assim como o fedor vigoroso dos detritos, nos convençam do contrário.

Port-au-Prince, posto avançado do desespero. Port-au-Prince, grande implantação de concreto e lama no meio do cerrado. Port-au-Prince, meu tormento e meu castigo. Há todas as imagens, todas as histórias antigas. Há dois séculos, toda a perversidade secreta vem sendo gravada nesses muros. A descida aos infernos da cidade começou há tanto tempo que nem posso mais me compadecer. A ausência de Fignolé tampouco me faz compadecer. Liguei na casa da Sra. Jacques. Ela mandou chamar a Mamãe, que me disse que Paulo tinha saído em busca de notícias, lá pelo lado de Martissant, mas ainda não voltara. Alguns segundos depois, acrescentou, com uma voz que ela pretendia soar mais firme que o necessário: "Se Fignolé ainda não tiver voltado, quando você chegar em casa, você precisará ir até a Delegacia." As palavras da Mamãe me deixaram por um momento desnorteada, como se tivesse perdido o curso real das coisas. Eu me recuperei com a palavra de Deus, repetindo de olhos fechados:

Deus é poderoso
Ele lançou ao mar o cavalo e seu cavaleiro
Deus me salvou

Todos os domingos, Gabriel me acompanha à igreja Pentecostal e, algumas vezes, também ao jejum de terça-feira[4]. Revejo os fiéis apertados uns contra os outros nos bancos estreitos. Entre as quatro paredes da igreja, exultamos ao escutar as palavras lançadas pelo pastor Jeantilus lá das alturas do seu púlpito. A beleza dessas fábulas, sua poesia extravagante, invade nossos corações de repente: Lázaro surgindo de sua tomba, Jonas na barriga da baleia, as muralhas de Jericó desabando ao som dos trompetes, a abundante pesca de Jesus, ele mesmo andando sobre as águas! O Pastor Jeantilus arrulha e se encanta com o eco de sua própria voz. Ele nos sacode e agita todos os domingos, como essas algas roxas na espuma das águas. Um verdadeiro feiticeiro, o pastor Jeantilus!

Criei o Gabriel temente a Deus. Com aversão ao pecado. Longe da leveza de Joyeuse. Das extravagâncias de Fignolé. Longe das superstições da Mamãe. Nutrido desde sempre pela palavra dos profetas e dos salmos de Davi. Em nossa pequena igreja, homens, mulheres e crianças agrupados, mãos juntas, bocas abertas, cantamos e louvamos. Às vezes, o irmão Derrick, um grande evangelista americano, vem lá de seu Kansas natal para nos ajudar. Em seu terno escuro, o pastor Jeantilus se agita tanto atrás de seu púlpito que fica banhado de suor. Irmã Yvette, sua esposa, o segue com uma toalha na mão e enxuga seu rosto. Pastor Jeantilus, de olhos fechados e com o corpo todo estreme-

[4] O ritual de jejum de terça-feira é praticado nas igrejas protestantes do Haiti.

cido, sempre acaba invocando, com sua voz cavernosa, os anjos do céu e os demônios do inferno que vão, sucessivamente, possuindo ou deixando os corpos dos fiéis. Com o dedo apontado em direção ao céu, ele passa seu olhar sobre nós, e ficamos petrificados. Do alto de seu púlpito, como do topo de uma montanha, ele vocifera a palavra de Deus. Parece um vento, invadindo um bosque, agitando furiosamente as copas e os galhos das árvores. Olhos fechados, alma tensa, ele experimenta o efeito da sua voz e seu poder sobre esse rio humano. Enquanto ele fala, ficamos gritando "Amém" e "Que seu nome seja abençoado, Senhor Jesus". E balançamos os braços da direita para a esquerda. "Aleluia! Aleluia!"

Ainda ontem, domingo, um homem entre os fiéis, lívido, visivelmente exausto, agitou os braços e disse que estava resolutamente esperando a obra de Deus. O corpo sacudido em convulsões, os olhos revirados, uma mulher derramou todas as lágrimas de Niobe. Em meio a seu pranto, ela mencionou a carência, a privação, a fome. Manette, menina franzina recentemente instalada em nosso bairro, admitiu seus vínculos com o Diabo e gritou alto e forte seu desejo de renunciar a Satanás, suas vaidades e suas obras. Ela contou o que só ela tinha visto. Coisas capazes de amedrontar qualquer um e afastar todos dela para sempre. A sombra alta de um homem peludo e chifrudo à sua frente, o rosto brilhante, o peito largo inflado por uma respiração ofegante. Com os olhos arregalados, ela levantou a manga da sua blusa e exibiu a cicatriz que aquela criatura das sombras traçou no seu ombro com a ponta aguda de uma faca. Sob efeito desse testemunho, os fiéis, aglomerados, gritaram sua fé com toda a força de seus pulmões, fazendo tremer até as paredes do edifício. Outros milagres se produzem diante de nossos olhos, dia após dia. O Pastor

Jeantilus ampliou a igreja e, recentemente, começou a nos trazer a mensagem de Deus num carro novinho em folha. Realmente, os desígnios de Deus são impenetráveis!

Em pé, ao meu lado, Gabriel escutou todas essas palavras incomuns. Alimentado pela palavra dos profetas e dos apóstolos, Gabriel cantou e rezou. Ainda o vejo, olhos esbugalhados, coração palpitante, pregados no pastor Jeantilus, esse invocador de feitiços, esse contador de maravilhas.

Todas essas fábulas não o impediram de me perguntar, há exatamente quinze dias, quem era seu pai. Sem a menor hesitação, novamente escondida atrás do meu pecado, respondi que ele tinha morrido pouco depois do seu nascimento. Mesmo que essa ideia fosse falsa, eu queria que Gabriel construísse sua vida a partir daí. Entre ele e o nada de onde surgiu, entre ele e a eternidade, a partir de agora, sempre haveria essa mentira. Tive a impressão de que essas palavras saíam da boca de uma estrangeira. Uma dessas que me habitam. E para a qual eu não soube criar espaço. E que, às vezes, surgem sem avisar. Por isso, minha resposta desvaneceu ao mesmo tempo em que a raiva e o remorso me apertavam a garganta.

16

POR CAUSA DESSAS LEMBRANÇAS INQUIETANTES, o trajeto de *tap tap* até a zona comercial da cidade alta me pareceu bem mais curto do que de costume. Saindo do veículo, mais uma vez, eu liguei de um telefone público para o misterioso número escrito por Fignolé naquele pedaço de papel. Sem sucesso. Mais uma vez, não deixei recado.

Ando nas ruas da cidade alta, que respira no ritmo de sua multidão, anormalmente calma. Quanto tempo ficará assim? Não há como saber. A cidade alta também tem seus mistérios. Trabalhando nessa boutique de luxo, acabei entendendo que existem por aqui, dispersos segundo uma ordem enigmática, descendentes de alemães, franceses e de imigrantes do Oriente Médio. Mestiços, bisnetos e netos dos filhos naturais do conquistador fornicador e arrogante, que se esforçam, seja para esquecer, seja para se acomodar, como aqueles segredos de família inconfessáveis, a sua parte de sangue africano. Ali também, cada um tem sua história. Mais ou menos gloriosa, mais ou menos confessável, da qual eu captei alguns fragmentos aleatórios nas conversas da Sra. Herbruch, minha patroa. Palavras de outra fonte. Rumores emendados uns aos outros. Que eu associo a determinados rostos sem que eles o saibam. Peças de um quebra-cabeça, afinal, insípido. Medíocre. Inútil.

Abri mecanicamente as portas da butique, tomada pelo tormento desses pensamentos e a angústia causada pela ausência de Fignolé. A vendedora de rua sentada ao lado da porta me ofereceu, como todas as manhãs, frutas da época, mangas, graviolas, *cachimans** ou romãs. Todos os dias a Sra. Herbruch a expulsa dali, assim como todas as outras que se instalam em frente à sua butique. E todos os dias, elas fingem se afastar alguns metros de cima a baixo e, novamente, refazem os poucos metros que percorreram numa direção ou na outra, voltando ao mesmo lugar.

"Muito caro", retruquei à minha vendedora de frutas. De qualquer forma, ela deve me confundir com outra pessoa. Pobres não compram frutas. Ou muito raramente. Nós as colhemos do pé ou as roubamos. Mas ela acha que vale a pena insistir. Já dura alguns meses esse joguinho entre nós duas. Sei que ela vai acabar vencendo. Pelo desgaste. O desgaste, a arma mais temível que existe. Sei disso por tê-la experimentado tantas vezes, com sucesso, contra a própria Sra. Herbruch e contra aqueles aos quais eu precisava resistir ou, então, desaparecer de suas vidas. A vendedora de frutas, por sua vez, tenta usá-la contra mim e a Sra. Herbruch. É assim que nós nos desgastamos uns aos outros até o osso. Até a medula.

Nunca vou esquecer o dia em que a Sra. Herbruch me pediu ajuda para o grande banquete que ela estava preparando em sua residência. Quando eu atravessei a sala até o lindo banheiro de cerâmica azul, embaixo da escada, senti o olhar dos prestigiosos convidados me queimando e me reduzindo a uma definição essencial. Para esses burgueses, mestiços de pele clara, eu não era uma jovem mulher, mas uma fêmea negra de uma espécie que possui apenas três atributos distintivos: dois seios e uma vagina. Uma espécie destinada às senzalas, aos serviços domésticos ou à cama.

Depois de fechar a porta do banheiro, eu me apoiei na parede para recuperar o fôlego e liberar, por um momento, meus pés sofridos nos sapatos estreitos demais. Há eventos como este que penetram numa vida com a violência de uma torrente rachando uma terra seca e dura.

Na parede à minha frente estava pendurada a reprodução de uma cena outonal. Até hoje, não sei porque esse quadro produziu tal efeito sobre mim. Eu nunca tinha visto o outono, mas nos livros da escola e na televisão, já vislumbrei a beleza das folhagens nessa estação, a incandescência se apoderando das árvores. Uma cena de outro lugar. Paisagem de outro lugar. Personagens de outro lugar. No que devia ser o jardim de uma mansão, duas meninas de cabelos loiros brincavam, rindo sob os olhares emocionados de seus pais. Pensei que isso devia ser a imagem da felicidade. Do paraíso. Essa impressão de tranquila abundância, despreocupação e serenidade. Promessa de uma vida sem desgraças, sem transtornos, sem necessidades. Lembrando minhas aulas de geografia, eu imaginei a lista dos países suscetíveis a acolher tal cena e, após hesitar entre o interior inglês, o interior dinamarquês e o interior alemão, escolhi o interior dinamarquês, me parecendo o mais afastado desse lugar no qual o acaso me deu à luz. Essa imagem não me deixou nunca mais.

Assim que cheguei à butique, a Sra. Herbruch ligou para se certificar de que, apesar das barricadas em chamas erguidas desde o amanhecer, eu tinha conseguido fazer o trajeto até o trabalho. Ela me lembrou de mandar a faxineira limpar as prateleiras e de ter certeza de que haveria café e um pote de geleia de goiaba, sua preferida, caso ela aparecesse no início da tarde.

Eu aceito tudo da Sra. Herbruch. A Sra. Herbruch é um trampolim. A Sra. Herbruch já pertence ao meu passado. Sentada à mesa, abri o caderno contendo as anotações da aula de economia. Mas hoje não lerei uma linha sequer.

Estou esperando um irmão que gosta de brincar com o fogo, gosta de enfrentar a insanidade com seu discernimento. Um irmão sol e relâmpago. Tem, lá dentro de mim, uma coisa maior do que eu, plantada por Luckson, um homem que mal conheço e que está revirando minha alma ao avesso como uma luva.

17

GABRIEL NASCEU DE UMA PERFÍDIA, de um desses muitos homens para quem o prazer deve ser imediato e sem consequências. Um desses homens vestindo a máscara do macho, da presunção e da indiferença, que eu só aprendi a reconhecer tarde demais. Isso foi numa época anterior à palavra de Deus. Antes da Redenção. Antes do pastor Jeantilus. Hoje, do nascer do sol até a hora em que a escuridão da noite me envolve, fico remoendo a mesma pergunta na minha cabeça: Quem é este homem, o pai de Gabriel? Estou aguardando, para poder me limpar da mácula do meu erro. Aguardando que se cale esse passado ensurdecedor nos meus ouvidos.

Eu me lembro da luz de uma tarde, um passeio à beira do mar, que descubro pela primeira vez. Pode ser que, nessa história toda, precisasse levar em conta o sol e o mar. Meu êxtase nesse dia branco de calor. Azul de água. Salpicado de luz. Lembro da minha alma maravilhada diante de tanta extravagância e beleza. Tanto esplendor dado, oferecido. Sem luta. Sem sacrifício. Esplendor em profusão. Tantas imagens cintilantes. A luz dançando na espuma das ondas até lamber meus tornozelos. Guardo a vaga lembrança das palavras graviola e romã. A ponto de sentir formigas imaginárias enlouquecidas correndo sob a minha pele. A ponto de esquecer o nome de sua mãe e da sua pátria. De uma espécie de embriaguez se apoderando de mim. Uma boca sobre a minha. Línguas enlaçadas. Beijos silenciosos. Sussurros e promessas. Um peito sobre o meu. A mão sobre meus seios. Meu corpo, partido em dois. E o mundo que balança...

Apenas o prazer entrevisto, um zíper fechado. Um lenço para limpar algumas gotinhas brancas, um rastro rosado, deixados na minha barriga. Entre minhas pernas. Essas gotinhas grudavam nos meus dedos. Então, rapidamente, resta apenas o que se torna essa mancha, que tento me limpar todos os dias, como uma criança suja após brincar na lama. Resta esse desejo de lacerar meus lábios para que nenhum homem encoste neles sua boca de mentiras e bobagens outra vez. De mutilar meu sexo para ele não servir mais a esses conquistadores arrogantes. E resta minha barriga se expandindo dia após dia, sob o efeito do amadurecimento de uma fruta. Ainda hoje, meu corpo sente a derrota. Os espelhos sempre me devolvem a imagem da minha degradação. Resta a minha vergonha, produzindo um barulho, ruído abafado dentro da minha cabeça. Roendo minhas entranhas. Que, ainda hoje, tenho que refrear como um cavalo louco para poder me levantar e dar um passo depois do outro.

Aguardo a maldição acabar, a má sorte se dissipar! Aguardo...

Assim como eu, Mamãe tampouco sabia que ela estava gestando uma criança. Ela me contou alguns anos atrás, num dia em que eu a tinha pressionado com perguntas:

“Um dia de manhã me senti mal, mas no momento, não fiz a relação entre o que esse homem, seu pai, tinha feito comigo e esses mal-estares desconhecidos. Foi minha mãe que me explicou quando, no dia seguinte e no dia depois daquele, vomitei tudo o que minhas vísceras tinham engolido desde o dia em que nasci.” Mamãe me mandou deitar na cama, olhou para mim e, enquanto duas lágrimas escorriam ao longo de suas faces, me acariciou para me tranquilizar. "O homem desapareceu. Sumiu. Sem deixar o menor vestígio."

Desde o início, eu quis essa criança fora de mim. Em alguns momentos, achei que eu fosse morrer. O cheiro de arenque, das axilas, das frituras, dos perfumes baratos de domingo, todos enchiam minhas narinas, entravam em meu estômago para sair de volta por minha boca em ondas de náuseas. E eu quis fazer tudo o que faz uma mulher quando ela não quer um filho. Ir para a casa de uma desconhecida que me mandaria tomar um líquido esverdeado e me deixaria três dias seguidos no fundo de um abismo de dor até eu expulsar da minha barriga o que ali tinha se arraigado contra minha vontade. Não foram as palavras da Mamãe que me fizeram mudar de ideia, foi Joyeuse, minha fadinha daquela época, que, assim que soube que uma pequena ostra vermelha tinha ali feito seu ninho, não parava de acariciar minha barriga. Com frequência, ela encostava a face na minha barriga, fechava os olhos e ficava assim por um bom tempo, como se estivesse orando...

Na mesa ao lado da minha, as enfermeiras tagarelam sem parar. Darline, de quem eu não gosto, o que é recíproco, conta nos mínimos detalhes o quanto o clima estava festivo no Champ de Mars domingo passado, com a chegada do carnaval. Um jovem DJ literalmente botou fogo na praça, os melhores *merengues* do carnaval pulsando nos altos falantes. Passado um momento, não aguentando mais, Darline levantou da cadeira, no meio das risadas das outras, para mostrar como ela tinha dançado, rebolando por todos os lados como um pião. Ela não parou um segundo de olhar na minha direção para se certificar de que suas flechas envenenadas estavam me atingindo. Mas não deu em nada. Essas meninas estão assombradas... Eu sei bem disso. Assombradas... Pedi humildemente a Deus para poupá-las de todas aquelas doenças que rodam por aí e de levá-las, Darline e as outras, ao arrependimento. Com o nariz enfiado na minha tigela de plástico, comi, na maior indiferença, o arroz de ontem e a única almôndega que eu trouxe de casa.

Aliás, rapidamente e contra minha vontade, pensei no desconhecido que tinha chegado uns dias atrás. O desconhecido, deitado na sala grande da enfermaria. Ele nunca reclama. Raramente fala. Muito pouco. Mesmo assim, sinto uma força, caminhando em silêncio sob sua pele, seus músculos, seu peito. Esse homem parece capaz de resistir a tudo. Às mordidas do sol, à fúria das águas, às provocações de uma mulher. A minha foi involuntária, três dias atrás, quando eu ia lhe dar uma injeção. E nossas cabeças se tocaram por cima da cama.

Você me feriu, meu amigo, com um só cabelo de sua nuca.

No contato de sua pele com a minha, senti o efeito de uma descarga elétrica. E seus olhos fixaram a base dos meus seios. Fiquei envergonhada pelo que estava sentindo, eu, Angélique Méracin, cristã e praticante. Talvez, ele esteja me vendo como uma pessoa que não sou, uma fêmea no cio. E não como eu sou, uma pobre mulher suplicando pela ajuda de Deus. Uma pobre mulher tentada pelo Diabo. De propósito, naquele dia, eu me sacrifiquei no trabalho. Aguardando a oração da noite e o jejum da terça seguinte.

Observo pela janela o azul intacto do céu. Esse azul de falso paraíso. Mas tão lindo... Tão lindo. Gostaria que houvesse um sol dentro de mim tão perfeito como esse azul. Nesse caso, talvez, eu apagasse o conquistador, esquecesse o homem robusto. Esqueceria de esperar por Fignolé. Eu, que não soube preencher a distância que Fignolé colocou entre ele e o mundo. Eu, que não soube inventar nesse pântano no qual me agito outra coisa senão o tédio. Uma vida consumida pelo verme do tédio.

Interrompendo meus pensamentos à força, como se quebrasse correntes, uma jovem auxiliar chegou correndo:

"O jovem ferido está delirando."

Não terminei meu almoço, claro. Deixei daquele jeito mesmo a tigela e o prato e saí correndo em direção à enfermaria.

18

FIGNOLÉ SEMPRE TEVE esse rosto comum às crianças diferentes. Essas crianças de luz, espreitadas pelas sombras, em volta das quais rondam a loucura e a morte. Muito cedo, eu quis enfrentar as sombras por ele. Muito cedo, eu quis ser sua fortificação contra a morte. E apostei comigo mesma, me comprometendo na importante missão de mantê-lo em pé. São e salvo. A qualquer preço, em meio aos ventos.

Na infância, eu e Fignolé inventávamos todo tipo de brincadeira. Quando Fignolé veste minha velha boneca de pano, Mamãe grita de dentro de casa que seria melhor ele correr atrás de uma bola. Quando eu corro atrás da bola com ele, Mamãe me alerta sobre as desgraças que só os meninos podem me provocar. Rimos escondidos ou, às vezes, tão alto que a terra do pequeno quintal parece a ponto de rachar e ser engolida por turbilhões de poeira. Corremos no sabor luminoso dos Trópicos. Fignolé é minha alma companheira, meu irmão espelho, meu irmão amor. Ainda temos os corpos de anjos da infância.

Na frente da casa, ainda vejo a laje, voltada para leste e que, muitas vezes, guardava seu frescor à tarde. Estou deitada de bruços contra a laje fria, de peito nu. Fignolé está ao meu lado. Nossos troncos foram untados de uma mistura de amido e de *clairin**. Remédio sagrado contra herpes. Mas o calor sempre acaba vencendo.

Fignolé encosta a cabeça no meu peito. Estamos cochilando. Um momento que, me parece, não deveria acabar nunca. Então, acordo bruscamente e o observo, dormindo. Fico duas horas seguidas o vigiando, contra todos os perigos do mundo que poderiam chegar em procissão para assaltá-lo: inundações, injustiça dos mais velhos, doenças, ciclones, mordidas de cachorros e não sei mais o quê.

Só você, Fignolé, tinha esse poder de ocupar todo o espaço da minha infância. Só você podia apagar antes da hora os encantos da minha infância. Em mim, surgiam ao mesmo tempo a surpresa e o espanto, o terror e o orgulho de vê-lo menor que eu. Mais fraco e, logo depois, mais arisco. Entre nós ia nascer um amor incomum. Uma união sagrada.

Aos poucos, deixei de ver a vida como um conjunto de linhas claras sob um grande sol. Com firmeza, virei em direção à morte para vê-la se atirar direto sobre Fignolé. Direto sobre mim. À toda velocidade, como um enorme caminhão basculante. Depois, na idade do juízo, comecei a duvidar da bondade de um Deus que podia lançar tal bólido contra seres indefesos. A partir daquele momento, me pareceu urgente, antes que esse bólido nos atropelasse em cheio, classificar todas as coisas do mundo entre as que eram importantes e as que não eram. Dentre as coisas importantes havia Fignolé, meu irmão, meu filho, meu presente. Havia eu.

Três anos antes do nascimento de Fignolé, com um gesto indiferente da mão, Mamãe dispensou com um simples gesto o homem que eu ainda vejo em raras oportunidades, de quem ela tinha sido amante e que, no caso, vem a ser meu pai. Ela tentava corajosamente nos manter, as três, vivas, Angélique, ela e eu. Ela remendou roupas, preparou potes de geleia, fez algumas idas e voltas à República Dominicana para vender bugigangas. Os poucos dólares de tio Témosthène, morando no Little Haiti, em Miami, deixavam os finais de mês mais fáceis de suportar. E então, numa noite, inesperadamente, Onil Hermantin, um homem que de vez em quando a consolava das dores costumeiras da vida, lhe pediu em casamento. Para maior surpresa de todos, ela aceitou. Baixou a guarda frente a um homem que lhe oferecia um teto e uma aliança no dedo. Enganou-se. Mas, me diga, que mulher, por mais forte que seja, não quis, uma vez na vida, ser consolada? Diga-me. Esse casamento durou muito pouco para deixar nela sua marca, mas o suficiente para a enojar como o cheiro de uma fruta podre. Alguns meses após o nascimento de Fignolé, Mamãe recuperou sua condição de mulher livre com um alívio que ela não escondia. Mamãe teve um marido, muitos amantes, mas não pertenceu a nenhum homem. Nenhum deles foi seu senhor nem seu mestre. Eles apenas compartilharam seu alívio temporário. Não lhe ensinaram grande coisa, exceto alguns gestos na cama. Não lhe deram nada a não ser alguns dólares. Mamãe não é o tipo de mulher que compra a paz de uma casa vendendo sua alma.

Ela deixou a casa, levando algumas notas, o necessário para aguentar apenas quatro dias, as duas bolsas nas quais cabiam nossas roupas, seus três filhos e no ventre a certeza que ela venceria. Tia Sylvanie nos ajudou para nos instalarmos num único cômodo úmido e escuro no final de um beco sórdido. Nós, as três crianças, dormíamos sobre um colchão no chão atrás de uma cortina feita de um pedaço de pano grosso. Mesmo sendo um cômodo único, Mamãe queria que, a partir daquele momento, toda moradia fosse de fato sua, *cher maître, chère maîtresse**. Naquela época, quando Mamãe alimentava os *loas*, eram geralmente *Erzulie Fréda*, *Erzulie*, a bela, *Erzulie*, a carinhosa, que a cavalgava. Depois de ter exigido tudo, a deusa a deixava lasciva e tranquilizada.

Um dia entre lua e sol, um dia em que não tínhamos comido nada desde a manhã, uma sombra surgiu atrás da cortina fechada. Gritei de medo. Estava numa idade em que ainda acreditamos nas criaturas que dormem nas lendas ou espreitam em nossos sonhos. Segurando sua camisola por cima de seus seios, Mamãe encostou os lábios na minha testa e me cochichou que um deles tinha vindo nos visitar. Logo, passei a achá-los capazes de mil prodígios, porque comíamos melhor nos dias seguintes às suas visitas furtivas.

Sem precisar vestir roupas chamativas, rebolar, às vezes até mesmo sem fazer o menor movimento, Mamãe atraía os homens. Um perfume de erotismo, do qual ela nem tinha consciência, a envolvia. Ela exalava o sexo como outras mulheres o tédio. Então, alguns amantes, ao longo dos dias, ouviram seu falatório antes de desfrutar de seu corpo. Eu sempre a vi dando a esses homens o sentimento de que eles eram únicos, e eles acreditavam. E essa luz que ela irradiava os retinha sem que eles pudessem fazer muita coisa para se soltar. Uma vez sob o foco da sua luz, eles estavam capturados. Não existia ninguém igual para arrastar, cantar, amaciar ou ecoar as mais simples palavras. Nunca escutei uma mulher perguntando a um homem: "Você tomaria café ou um dedinho de rum?" com tamanha delicadeza. Dessa delicadeza, Mamãe não tinha ideia. Da profundeza do seu olhar de mar aberto. De sua voz de caverna e de campos distantes que parecem sempre estar dizendo: "Siga-me". Da sua boca roxa como uma violeta. Da incitação tranquila de seus quadris generosos, tampouco. Por mais que eu olhe, no fundo de uma caixinha metálica, a fotografia envelhecida e amarelada que cristalizou seus vinte e cinco anos, para esse mistério ainda não encontrei a chave... Hoje em dia, suspeito mestre Fortuné de estar pronto a apoiar o rosto contra seus seios e a beijar a bainha do seu vestido.

A Sra. Thomas, primeira cliente, chegou por volta das onze horas, uma hora depois da abertura da butique. Odeio a Sra. Thomas. Uma mulher com penteado extravagante, o cabelo pintado de cores selvagens, o rosto escandalosamente maquiado, enfeitada com todos os seus adereços. A Sra. Thomas pertence a essa categoria de novos ricos que trazem à cidade uma alegria chamativa, contrastando com o bando de miseráveis que ainda estão à sua volta.

"Joyeuse, me mostre o que a Sra. Herbruch recebeu de novo".

"Claro", respondi com um sorriso que, com certeza, escondia mal minha irritação.

A Sra. Thomas revistou toda a seção de vestidos, a dos acessórios e a dos sapatos. Como sempre, ela virou a loja do avesso. Eu conseguia ler em seus olhos o que seus lábios não diziam: "Fica de cara feia, sua peste, mas em silêncio, minha filha, não me importo nem um pouco. Posso comprar a loja e você junto." Mas, a Sra. Thomas está enganada. Ela não pode comprar tudo. O belo edifício da Sra. Herbruch esconde grandes rachaduras. A Sra. Thomas está até preocupada. Se eu entendi bem, o jovem gigolô chamado James, quinze anos mais novo, que ela sustenta há seis meses, decidiu, uma semana atrás, deixá-la. Os conselhos da Sra. Herbruch não deram resultados. Presumo que o jovem James prefira se satisfazer sozinho e quando bem quiser, sob o olhar de Deus, a despertar uma alma morta. Fignolé sempre demonstrou antipatia por essa corja afetada e pela outra, com sua arrogância estabelecida, seus beneficiários habituais. Fignolé me deu a entender, num de seus dias de grande eloquência, que alguma força fazia o mundo se virar contra nós e contra todos aqueles que nos são semelhantes. Que a vida era uma loteria absurda na qual aqueles que ganham têm tudo e aqueles que perdem, nada. Absolutamente nada.

"Você está certo, Fignolé, o mundo está dividido entre os cachorros e aqueles que batem em seus focinhos. Joyeuse não quer bater em ninguém, Fignolé, mas jurou não ficar do lado dos cachorros." Cerrei os dentes, minha língua travou na minha boca e pensei no pagamento no final de mês. Um salário que não é muito. Um salário que não faz barulho, mas que não posso recusar. E fico sonhando com o dia em que, eu também, entrarei numa loja de luxo e, esquecendo o passado, mandarei uma funcionária mal-humorada desfazer, uma por uma, as prateleiras. Na realidade, não estou sonhando. Eu aguço minhas armas. Afio os dentes. Tenho essa força em mim. Que sabe enfrentar a dor. Reduzir a tristeza ao silêncio. Eu não dou a mínima para a ideia de mudar o mundo. Quero gritar com os lobos.

19

A PELE DO JOVEM FERIDO tomou essa cor acinzentada que eu conheço tão bem e que não anuncia nada de bom. O sangue não está mais irrigando suficientemente as artérias e as veias. Além disso, seus gemidos estão cada vez mais fortes. Junto aos seus gemidos, uma coisa espumante sai da sua boca. Quando a auxiliar não o faz, sou eu que limpo seus lábios com um paninho que sua mãe trouxe. Na hora em que eu levantei sua cabeça e aproximei o lencinho de pano da sua boca, não aguentando mais, ele até gritou de dor. Mandei chamar o médico de plantão com urgência.

A mãe do jovem ferido começou a convulsionar. Dois auxiliares de enfermagem tiveram que a controlar e levá-la para fora por um momento. Enquanto isso, o adolescente começou a gemer cada vez mais alto. Não eram mais gritos vindos da garganta, mas arrancados do fundo de suas vísceras, despidos daquele último pudor ao qual se agarrava. Ele desatou a chorar. Os soluços e as lamúrias de um jovem de dezoito anos são mais terríveis que o Apocalipse. Mas o Apocalipse já aconteceu tantas vezes nesta sala, tantas vezes nesta cidade, nesta ilha. E tantas vezes o mundo retomou seu curso, impassível. Que...

Afinal, o jovem ferido desmoronou. Ele tem agora o olhar vidrado e perdido de quem está agonizando. Na primeira pergunta do médico, o jovem ferido, apesar de tudo, teve força para mostrar seu flanco esquerdo. Quando o médico se inclinou levemente para auscultar e apalpar, o jovem gemeu como um animal sofrendo. Então, o médico pegou uma ampola na bandeja que a auxiliar estava segurando e lhe deu uma injeção. Para prevenir a dor e os gritos. Nos dias precedentes, quando o efeito da injeção acabava, ele voltava a sofrer e berrava novamente. Agora, está atordoado pelo sofrimento. Está, sobretudo, com medo de morrer. Entre um estertor e outro, palavras incompreensíveis, deformadas pela dor, saem da sua boca. Sua testa está úmida. Fria. A morte não vai demorar. Questão de minutos. De segundos.

Mal dá para imaginar o sol lá fora. Talvez para se certificar da sua presença, o jovem agonizante virou a cabeça em direção à única janela da sala pela qual é possível ver o céu. Eu contemplo com ele esse céu que ele está provavelmente vendo pela última vez. Está desesperadamente azul, imaculado como de costume nessa época do ano. O jovem adolescente virou novamente para o outro lado da cama. O lado da sua mãe. Devagar, seus olhos começaram a piscar e seus gemidos se espaçaram até se extinguirem, se diluindo num redemoinho de silêncio. Fiquei atenta a seu sono, cuidando dele até a agonia. Até a morte, que não demorou.

Eu envolvi com uma toalha a mandíbula do jovem que acabara de morrer, juntando suas mãos sobre a barriga. "Até quando ainda continuarei movida por essa determinação intacta de frequentar a morte sem hesitar? Até quando?" Todos os dias, eu me esfrego a ela. Todos os dias, ela me manda sentar à beira do meu próprio túmulo. E todos os dias, eu acordo na mesma ignorância. Por mais que chegue perto da morte dos outros, a minha permanece alheia. Eu, simplesmente, penso que um ser normalmente constituído não pode se afastar dos arredores do próprio túmulo todos os dias, assim como eu faço com todas as cicatrizes e os definhamentos, e no fundo de sua alma se considerar ileso. Impossível!

Passando ao lado do homem robusto e silencioso, eu quis, hoje à tarde, que ele estendesse o braço para mim e me segurasse. Que ele apertasse minha mão com força para deixar ali todo o calor que suas palavras evitam. Quis que ele me dissesse alguma coisa, qualquer coisa. Até aguentaria as palavras morrendo em sua garganta, se em seu olhar eu visse que ele me considera forte, e mulher. Pela primeira vez desde aquela tarde à beira do mar, senti um vazio imenso no âmago do meu ventre. "O que devo fazer deste corpo que, de repente, me parece tão pesado a carregar, demasiado pesado para carregá-lo sozinha?", fiquei me repetindo, várias vezes.

Passei pelo portão do hospital quase correndo, a cabeça cheia como uma jarra. Nunca me pareceu tão apaziguador respirar o ar da rua. Soltei um botão a mais da minha blusa para encher os pulmões com esse ar.

20

ASSIM QUE A Sra. Thomas saiu, liguei mais uma vez para o misterioso número de telefone. Ainda sem sucesso. Estou esperando um sinal. Aguardando uma aparição. Pode ser que eu esteja pensando em Fignolé mais do que deveria. As lágrimas sobem do meu coração até meus olhos. Eu me agarro à minha pedrinha cinza. Quanto mais as horas passam, mais descarto a possibilidade de um final feliz. Imagens me invadem. Todas iguais. Tenebrosas e terríveis.

São exatamente três e trinta. O tempo está imóvel, as horas, petrificadas, no meio da tarde. As palavras da Mamãe no telefone não me tranquilizam em nada. Quando voltou da casa da tia Sylvanie, ela deixara a porta entreaberta. Mamãe então surpreendeu Wiston que, visivelmente à espreita, desacelerou o passo para dar uma olhada pela fresta da porta, evitando assim um torcicolo inútil, ela me contou: "Wiston, não precisa torcer o pescoço, estou aqui e Fignolé não voltou." Ele se assustou e se afastou apressadamente.

Na últimas semanas, o estado de saúde da Mamãe piorou. Seu joelho não a deixa em paz. Suas tonturas são mais frequentes e seus tornozelos incharam. Ela está preocupada com Fignolé, mas não ousa dizê-lo. E, também, atribui seu mal-estar ao fato de *Dambala*, seu mestre e seu deus, estar descontente com ela e se sentir desprezado. No ano passado, por causa das despesas que teve com Fignolé, Mamãe não deu para *Dambala* uma festa digna da sua posição. Então, ela imagina que ele faz isso para ser lembrado, deixando-a enfraquecida, a cabeça mais pesada que uma cabaça cheia de água. Quando eu disse que posso viver muito bem sem deuses se vingando sobre as pobres criaturas que somos, ela disse: "Paz em sua boca, filha, paz. Você não sabe o que está falando. Porque Deus, você não o vê, Joyeuse, mas os *loas,* você os sente no próprio corpo. Eles falam com você, a fazem dançar, trazem dinheiro. Encostam as mãos em você, calam seus pesares, fazem amor com você, secam suas lágrimas. E quando estiver cansada de esperar, você pode chamá-los às suas responsabilidades e proferir uma ameaça, por exemplo: '*Dambala,* se eu não receber esse dinheiro dentro de um mês...' Com eles, nenhuma pergunta fica sem luz. Nenhum pecado sem perdão. Nenhuma dor sem cura. Nessa vida de atribulações, escuridão e tormentos, os *loas* são seu único orvalho da manhã, seu único rio de água doce, sua única janela aberta para o céu".

Ao contrário da Angélique, Mamãe nunca esperou nada de ninguém. Reagiu a cada golpe da desgraça, às vezes a cercando como se fosse abraçá-la. A vida da Angélique é uma fruta da qual ela teria comido a melhor parte sem perceber nem experimentar o sumo. Quem se aproxima da minha irmã é levado a sentir por ela uma indulgência morna que nunca resulta num relacionamento profundo e duradouro. Em algum lugar dentro dela, está gravado esse sinal que marca os vencidos e que acaba irremediavelmente os isolando do resto da humanidade. Angélique morreu dessa morte lenta que conhecem os párias. Angélique esperou e não obteve o que desejava. Como muitas mulheres, Angélique esperava tudo e, já que esse tudo não apareceu, ela o perdeu numa única jogada. Esperar o que não se pode ter e perceber tarde demais que nunca o terá é derramar a vida num molde estreito de tristeza, uma vida de vencido. Mamãe está esgotada, mas não vencida. "O esgotamento deixa as costas curvadas, mas a derrota não é nada bonita." No dia em que eu entendi que alguma coisa fazia o mundo girar contra mim e todos os que se pareciam comigo, escolhi me tornar o exato oposto da vencida, a face contrária da esgotada.

Não senti medo ao chegar ao convento das Freiras da cidade alta. Elas não aceitavam em sua escola meninas nascidas fora dos vínculos do casamento. Isso limitava as matrículas às meninas da classe média alta e às dos bairros chiques. Pequena bastarda tendo usurpado o sobrenome do tio Antoine, arrombei a porta desse mundo que não era meu. Por isso, eu estava um passo à frente de todas as outras. Eu já conhecia todas as coisas que elas jamais conheceriam. Conhecia a carência e as privações. Conhecia a ausência, a de um pai. E eu tinha posto um pé naquele universo. Da vida e da morte, já fazia uma ideia pessoal, definitiva, que não era a mesma do catecismo. O mundo no qual eu tinha vivido até aquele momento estava repleto de desconfiança, traições e perigos. Mesmo assim, não aprendi o medo. Não me tornei prudente. As Freiras acreditaram que eu era dotada porque eu evoluía anos após anos. Eu não era dotada, mas sim curiosa, esfomeada por entender até onde podiam chegar os que tinham escrito a história do mundo e que queriam que, nessa história, eu fosse a minhoca esmagada sob o calcanhar. A escola não me trouxe os esclarecimentos esperados àquelas perguntas: no entanto, achei, por conta própria, as respostas a essa desconfiança. A esses perigos. A essas traições. Tanto que não me lembro de ter chorado ao ler os sofrimentos de Cosette[5]. Também não senti compaixão pela Cinderela e, mais tarde, as desventuras de Manuel e Anaïs[6] me deixaram, antes de tudo, na maior perplexidade. Com o passar dos anos, algumas meninas puseram na conta das minhas carências tal singularidade. E estavam erradas. Estavam erradas, mas nunca lhes disse isso. Nunca falei que todas essas carências, todas essas privações, esses perigos e essas artimanhas forjaram minha capacidade de sobreviver, de viver sem amor. Talvez o amor pudesse me vencer, então, do amor sempre desconfiei.

Minha patroa chegou por volta das duas no carro de luxo do seu filho único, Mike. Mike tem dois trunfos importantes. Herdou do seu pai um físico nórdico num país de negros que não se aceitam e uma fortuna no meio de uma desolação, que teve início há tempo que não vale a pena ser contabilizado. Mas Mike já superou as habilidades do seu pai. Desde o ensino médio, como o pai, ele aprendeu a trapacear e, visto que hoje os golpes ganharam amplitude e velocidade, ele, agora na casa dos trinta, já juntou uma pequena fortuna que faz sonhar até seu próprio pai.

Eu não posso julgar ninguém, porém, quanto mais os Herbruch, pai e filho, roubam, mais eles acumulam e mais eles sussurram suas preces todos os domingos na igreja, à vista de todos, orações no ouvido de Deus. Com sua experiência nos negócios, o Sr. Herbruch conseguiu até lidar com a ira de Deus. Assim como seu pai, Mike será esse tipo de homem de imaginação estreita, dispondo somente de uma inteligência comercial, e ele dará um bocado de

---

[5] Personagem infantil de *Os miseráveis,* de Victor Hugo.

[6] Personagens do escritor haitiano Jacques Roumain.

golpes sujos. Daqueles golpes denunciados todos os dias no rádio, e em alguns jornais que ainda acreditam no poder das coisas escritas ou ditas. Eu não.

Um revés do destino se abatera sobre os pais da Sra. Herbruch. Quando a falta de dinheiro começou a espalhar pela casa da família seu odor de podridão, eles casaram minha patroa com Franz Herbruch, um homem sem elegância, pretencioso, e nada espirituoso. Mesmo assim, após algumas semanas, a Sra. Herbruch, batizada ao nascer como Bérénice Pétillon, acabou o achando lindo como Creso. Ainda mais que, na cama, Frantz Herbruch se revelou um amante pouco exigente que, em pouco tempo, parou de buscar entre suas coxas filhos ou prazeres. Para se lembrarem que existem, de vez em quando, eles se jogam na cara, como estilhaços de granadas, algumas verdades incubadas pelas mentiras da vida conjugal comum. O sangue não chega a jorrar, mas é por pouco.

E a Sra. Herbruch nunca soube que, numa tarde de chuva forte, o Sr. Herbruch quis me acompanhar até o ponto de *tap tap*. Apesar do temporal, eu escutava seus pensamentos como o tique-taque de um relógio, e não me surpreendi quando, parando o carro, ele encostou uma das mãos no meu seio esquerdo e a outra por baixo da minha saia. Ele, provavelmente, esperava se divertir em alguma *garçonnière* e me incluir na lista de suas vítimas. Havia muito tempo que eu conhecia o apetite dos homens. Antes dele, outro, um senhor respeitável, amigo do tio Antoine, já aplicara contra mim o golpe da carona. Com os olhos plantados nos do Sr. Herbruch, removi, impassível, cada uma de suas mãos antes de abrir a porta e desaparecer sob a chuva torrencial. Desde então, ele evita meu olhar, mas não se atreve a exigir minha demissão. Fique tranquilo, Sr. Herbruch, Joyeuse Méracin tem outras ambições.

Não quis falar com a Sra. Herbruch das minhas apreensões em relação a Fignolé. Fiz a contabilidade do dia e pedi permissão para sair mais cedo. De qualquer forma, ela sabe que estou aqui temporariamente. Que logo vou deixá-la. Que vou provocar uma reviravolta no destino. Ela sabe. Estamos praticamente quites.

Seu primeiro movimento foi tirar o telefone do gancho e derramar nos ouvidos de suas amigas as fofocas colhidas no dia precedente. E tua filha? E meu genro? E minhas joias? E meu dinheiro? Cacarejo de galinhas frívolas com seus excessos tediosos. Mulheres enrijecidas pelo dinheiro e pelos destinos inexpressíveis. Frustrações, vaidades e pretensões se sucedendo numa sarabanda insossa, alucinada, desesperada. Há, nesse transbordamento e nessa escassez, algo de opressivo.

Depois da longa lista de sequestros, assassinatos e das quantias de dinheiro desaparecidas dos cofres do Estado, um jornalista famoso anunciou no rádio, com um tremor na voz, que existia aqui, nesta ilha, um império do mal. Não aguentando mais, a Sra. Herbruch ligou de novo para duas de suas amigas para comentar essas notícias e considerar um embarque para Miami. Todas as clientes, todas suas amigas estão querendo fugir para Miami. Sempre houve motivos para fugir deste país. Mas quem ainda pode fazê-lo? Imagino Miami como um novo jardim do Éden, no qual se encontram todos os que escaparam de um terremoto, deixando para trás mortos e feridos.

Quando ela quis minha adesão à sua causa, concordei plenamente. Talvez, com certo exagero. Porque ela leu em meu olhar que eu não compartilhava seu pânico. Que eu fazia parte do lote dos mortos e feridos que ela abandonaria por aqui. Ela percebeu que eu estava mentindo. Sempre fui traída pelo meu olhar. Comecei a reagir por instinto às coisas e às pessoas. Crescendo, fiz isso por desafio. E, lá no fundo do meu coração, sei que a exaltação e o deleite do vencedor, por querer cada vez mais, acabarão despencando. Que por querer sempre mais, alcançou, hoje, um nível de desespero que ele nem imagina. Que nesse ponto ele tem, no fundo de si mesmo, a certeza de que a amabilidade e a delicadeza do vencido podem, a qualquer instante, se voltar contra ele e o instalar, o vencedor, no medo. Disso o vencedor sabe, o vencido também. E assim sendo, somos hoje, vencedores e vencidos, iguais no desespero.

Eu não sei a que conclusão chegou minha patroa quando olhou para mim, mas ela não disse sequer mais uma palavra. Do fundo de seu abismo dourado, ela parecia estar pedindo ajuda. Uma careta, inventada na hora, distorceu seu rosto só para mim. Se recompondo, a Sra. Herbruch passou um batom rosa fúcsia nos lábios, pó no rosto, e foi embora mal me cumprimentando. Saboreei a satisfação temporária dessa pequena vitória. Por enquanto, é tudo o que eu tenho. E me contento com isso.

21

DENTRO DO *tap tap,* estamos coxa contra coxa, lado a lado, forçados a um abraço fedorento, ressentido. As conversas animadas, logo transformam essa fauna humana num grande teatro. Cada um conta suas proezas, suas façanhas, sua esperteza e sua sabedoria de homem ou de mulher que consegue ver mais longe que os simples mortais. Como é possível ver tão longe e ainda não ter saído desse pesadelo? Diga-me. Mas, nenhum de nós, tampouco eu, tem coragem de pedir a todos esses atores e atrizes que se calem a fim de evocar o único assunto que extrairia nossa verdade como um dente enfermo, arrancado de uma vez por todas. Porque entre nós, uma outra conversa, silenciosa, evolui. Na sombra de nossas vísceras. No vermelho do nosso sangue. Na escuridão de nossos ossos.

Pelo nosso olhar, sabemos o que germina nossa carne dilacerada de sofrimentos, nossas mãos com suas unhas pretas, nossos calcanhares rachados, nossas roupas gastas, nossas gengivas desdentadas, o suor grudando em nossas peles. Sabemos. Então, continuaremos a conversa em outro lugar, na intimidade das lamparinas de querosene e seus brilhos que deformarão nossos rostos como se tivessem sido devorados pelos ratos. Quando nossas sombras dançarem nas paredes mal-acabadas de nossas casas, evocaremos a maldade secreta que, há dois séculos, evolui. Mais tarde, mais tarde, quando estivermos entre nossas quatro paredes.

Está de volta o tempo das vozes abafadas. *Tempo de conversar por sinais*[7]. Tempo das ausências insuportáveis. Estamos, nós três, presas entre o medo e a raiva. Esperança e desespero. Ainda não sabíamos que nossas primeiras desgraças estavam a dois passos da felicidade. Ainda não sabíamos que a espera podia matar a fogo brando.

Dentro do *tap tap,* quando embarcou um homem com um pescoço espesso de touro, usando uma camiseta do chefe do Partido dos Desprovidos, a conversa em voz alta pareceu esquentar. Quanto mais esquentava, mais ela perdia seu sabor enquanto a outra, a silenciosa, se animava, pegava fogo em nossos peitos. Estávamos todos com vontade de pular na garganta daquele homem, de gritar nosso cansaço e de lhe arrancar aquela camiseta à força. Respirei fundo e fechei os olhos. Mas somos covardes. Uns mais covardes que os outros. Nós nos indignamos, abafamos nossos gritos. Mas somos covardes.

Os eventos da véspera, pela manhã, afetaram mais um pouco os corações. Receosos de cruzar no caminho com os rostos jovens e cruéis dessas crianças que já têm a morte na ponta dos dedos, nós nos apressamos contra nossa própria vontade. A morte já visitou tantas vezes seus olhares, que eles começam a destruir para se certificar de suas existências. Destruir ou ser destruído. Amedrontar ou ser amedrontado. O medo se tornou a mais sútil das vigilâncias. Um soberano implacável. As rádios não dizem tudo. Impossível para elas dizerem tudo. A morte viaja mais rápido que as notícias, os comunicados e as informações de última hora.

Quem saberá um dia que um adolescente de dezesseis anos, denominado por um daqueles apelidos dos Infer-

[7] Verso do poeta haitiano Anthony Phelps.

nos, *Uma-bala-na-cabeça*, certa vez, suplicou a ajuda da tia Sylvanie? Quem saberá? A emoção era tal que seus lábios tremiam e as palavras saiam da sua boca como se ele quisesse se livrar delas. Como um veneno lhe queimando a língua e as vísceras. Quando a tia Sylvanie perguntou o que ele estava esperando dela, ele respondeu que queria poder dormir em paz. Que não conseguia mais fechar os olhos à noite. Desde que tinha, com um golpe de facão, cortado as mãos e as pernas de um jovem do seu bairro que tentava fugir e que ele lançou ainda vivo nas chamas de sua casa. Desde que fincou seu sexo no ventre de Marie-Laure, filha do diretor da única escola. No começo, Marie-Laure se debateu como um passarinho capturado numa armadilha. Gritou, a cabeça batendo contra a parede a cada estocada, acabou desmaiando quando o último dos três amigos do bando, satisfeito, soltou um grunhido e a deixou como morta. Ao longo do seu relato, *Uma-bala-na-cabeça* falava de forma entrecortada, ofegante. Seu peito se enchia e esvaziava, como se ele fosse ficar sem ar, e ele pediu à tia Sylvanie para cobri-lo com a proteção dos *Invisíveis* porque, agora, estava com medo. Apesar das intervenções de um curandeiro, um *boko** que lhe pediu uma galinha preta, três tartarugas cinzas e uma vela preta. Apesar da imagem benzida que ele carrega no bolso direito da calça, da segunda que ele carrega no bolso esquerdo e da terceira que ele carrega no bolso da camisa. Uma para ele acertar suas vítimas, outra para ser pago pelo trabalho e a última para nunca ser capturado. Entretanto, de início ele tinha sido bem aquecido, pela droga, pelos jornalistas das rádios do Profeta-Presidente e por autoridades maiores que ele. "A droga acaba te possuindo. Teu anjo da guarda te abandona sozinho na savana da vida e vai seguindo seu caminho." Em alguns momentos, ele parava, o olhar longe, as mãos comportadamente pousadas nas coxas. "Não se resiste às vozes oprimidas das rádios, às furiosas das autoridades também não. Não se resiste a tais discursos. Impossível!!!" Lábios cerrados, rosto impassível por baixo do lenço, tia Sylvanie não o interrompeu uma única vez. "No começo, você tem mais medo do sangue do que tem de quem eles te mandam matar", ele tinha dito. "Depois, você tem mais medo da ira das autoridades que do sangue e, finalmente, você não tem mais medo de nada ... Até o dia em que a morte alcança alguns, como eu, e nos rouba o sono."

Carros em alta velocidade nos ultrapassam, alguns com a sirene ligada, os canos das armas saindo pelas janelas. O motorista, assim como todos nós, dá um jeito de nunca cruzar o olhar dos passageiros desses carros, que ostentam a nova feição de um desastre antigo que já conhecemos bem demais. Alguém, um dia, nesta cidade, deve ter dado o sinal para desencadear a desordem e, desde então, não houve trégua. Nenhuma trava de segurança. A ordem do tempo, do espaço, desde então, foi transtornada para sempre. E hoje esta cidade continua evoluindo dentro do horror. Em direção ao horror.

Nosso *tap tap* é barrado por quatro meninos maltrapilhos, logo seguidos por uma verdadeira quadrilha cercando o veículo. Não vai demorar para que se amontoem no capô e nas portas, dançando e berrando de excitação. Os rostos cobertos de hematomas, os pés e as panturrilhas, de feridas infectadas. Moleques pulam e gritam batendo nas portas ou nos vidros dos carros. Ninguém lhes ensinou outra coisa a fazer. Entortam, consomem, despedaçam tudo que passa pelas suas mãos, objetos manufaturados, bens de propriedade pública ou privada, corpos e mentes. E, nesta tarde, eles estão armados até os dentes.

Dois deles nos assaltam, cada um com uma arma mantida com dificuldade nas duas mãos. Eles têm apenas doze ou quatorze anos. Os jovens adultos que aparecem logo atrás deles carregam armas automáticas e cartucheiras em torno de seus ombros magros. Eles têm um lenço em volta da cabeça e óculos escuros, provavelmente roubados, que dissimulam seus rostos, calças de moletons e camisetas de segunda mão, grandes demais para seus corpos esqueléticos: Nike, Puma, Adidas. O homem com pescoço de touro usando a camiseta com a imagem do chefe do Partido dos Desprovidos troca um gesto de reconhecimento com eles. Eles torcem os punhos e gritam um "yo" sonoro, uma espécie de grito conspiratório. Minha vista embaça. Meus ouvidos apitam. Sinto uma tontura repentina. Os jovens adultos rodeiam o *tap tap* e nos ameaçam com suas armas, enquanto os moleques, tranquilos, roubam tudo o que está em seu caminho. Entreguei minha carteira e meus brincos. Entregaria qualquer coisa. Depois, as coisas aconteceram rapidamente. Muito rapidamente.

O motorista arrancou, feliz por ter a vida salva. Nós também. O silêncio a seguir é o da vergonha e da raiva. Outros *taps taps* entram nas ruas estreitas com um pânico glacial. Só dá para ouvir o som dos motores. Os gases de escapamento queimam os olhos. Eu afundo em meu assento até desaparecer da vista da rua. Ao meu lado direito, um homem de uma certa idade, os lábios ainda tremendo, dos quais estão saindo palavras sem sentido, sussurradas em voz baixa; à minha esquerda, dois operários da construção civil que, com certeza, entregaram suas ferramentas e o pagamento pelo seu dia de trabalho; e, atrás, um jovem universitário que, pelo visto, ainda não leu o livro que lhe dará a chave do que ele acabou de viver. Uma explicação sensata. Não consigo parar de pensar naquela música que ouvi outro dia: "Não tenho emprego, não preciso. Nasci para roubar teu dinheiro. Nasci para te matar."

Nada mais será como antes. Nada mais. Ninguém acredita mais nos milagres das chuvas ou no florescimento das árvores. Ninguém. Avançamos à noite. No silêncio das pedras. No mutismo dos túmulos.

Olhos semicerrados, quero ficar em paz para engolir minha vergonha. Mais um pouco e nós íamos todos sujar as nossas roupas de baixo. Inclusive eu. Mas, nos acostumamos a tudo, inclusive a perder o próprio respeito.

Estou me tornando uma mulher que duvida. À noite, ao pé da cama, ajoelharei no chão e pedirei a Deus com muita humildade para perdoar a pouca fé que tenho nas obras dos homens daqui, sendo Seus desígnios impenetráveis. Olhos fechados e balançando a cabeça, cantarolo um cântico e não posso deixar de pedir a Deus para ajudar a humilde criatura que eu, com certeza, sou.

22

POR MAIS QUE AS RÁDIOS PREVEJAM catástrofes, me esforço para manter essas predições como algo distante, sem impacto direto sobre a minha vida. Assim que a Sra. Herbruch saiu, escolhi uma dessas emissoras em que só tocam música de esquecimento e achei um *zouk*[8] capaz de conjurar todas essas profecias. Pensei demoradamente na próxima oportunidade de sair para dançar com a Lolo. Na próxima oportunidade de me a pôr à prova na frente de Luckson, como na primeira noite, quando, sem me dizer que estava me desejando, sem saber o quanto eu o queria, finalmente conhecemos o gosto dos nossos lábios, o sabor de nossas peles.

Foi no Groove Night Club, discoteca espremida entre um barranco fedorento e uma escola improvisada. Lolo tinha, sem grande dificuldade, conseguindo me convencer, a acompanhá-la naquela noite. A banda de Fignolé, começando a ficar conhecida, tocava lá pela primeira vez. Alguns jovens se empurravam na entrada. Lembro da minha alegria ao ver brotar o sucesso do meu irmão mais novo. Já há alguns meses, havia Ismona e seu olhar de aurora e de chuva. Corri para abraçar, parabenizar e incentivá-lo. Apesar de ele me abraçar com muita ternura,

[8] Gênero de música antilhana.

eu o sinto mais ausente do que nunca. Claramente, Fignolé estava em outro lugar. Ele tinha atravessado as orlas do mundo além das quais os fantasmas vêm ao nosso encontro. Ele tinha nos deixado, nós três, para sentar sobre sua nuvem. Mas naquele dia, a nuvem estava em chamas. Havia nos olhos de Fignolé as incandescências de uma cidade em chamas. E Fignolé não era um homem de recuar frente ao fogo aceso por ele mesmo. Isso não! Não tem o que fazer, pensei, Fignolé está viciado, disse a mim mesma. E, estar viciado é como estar alguns degraus abaixo da condição humana. É ser expulso do Paraíso pela segunda vez. No entanto, durante sua quarentena, sei lá por que milagre, Fignolé conseguiu manter a alma límpida, uma alma direita no meio da confusão, do abandono, da grande desordem tropical. Ao mesmo tempo em que sinto isso, uma certeza se apodera de mim: ele será moído pela vida. Rápido. Muito rápido. Porque a vida mata primeiro os corações puros. Essa certeza se impôs para mim de forma tão forte que fiquei submersa por aquela ansiedade estranha que, às vezes, surpreende os bêbados e vem se infiltrar bem no meio de sua alegria.

Nunca tinha visto Fignolé com tal olhar. Nunca. E fiquei com medo. Senti calor, frio, calor de novo. Nas minhas veias, não tinha mais uma só gota de sangue, só o medo, líquido e quente. Esse medo podia ter me devorado por dentro se, num impulso, eu não o tivesse forçado a se entregar. Eu o devorei primeiro. Injetei em mim mesma toda a insolência da minha juventude. Desinfetei, uma por uma, todas as mordidas da ansiedade. Devagar, lixei as garras afiadas da angústia. Devagar, fui me insuflando de uma força extraordinária para resistir. Para resistir em pé. Em pé sobre meus saltos agulha. E dancei a noite toda. Dancei até o esgotamento.

Lolo tinha combinado com Paulo para conseguir uma mesa bem pertinho do palco. Assim que sentamos, claro, os primeiros machos começaram a rondar. Só para, quem sabe, roubar da Lolo e de mim um pouco da nossa carne durante uma noite que se anuncia longa e tumultuosa. Os homens são assim. E Jean-Baptiste fazia parte daqueles para quem rondar não bastava mais. Ele me seguia de perto. Estava me caçando. Qualquer coisa que fizesse, eu era observada, espiada, perseguida. Imediatamente, Lolo me sugeriu beber:

"Não estou te achando legal, hoje. Você precisa beber, senão não vai entrar no clima."

O álcool efervesceu na minha garganta, me levando a tossir. Revigorando minha sombra gelada. Aos poucos, a alegria foi me conquistando. De novo, consegui levantar os olhos e enfrentar todos os olhares. Em particular o do Luckson. Luckson levado pela noite. Luckson de pé em seu silêncio. De pé em sua força. Eu estava no êxtase de sua presença. Sentia sobre mim olhos me chamando. Olhos pelos quais eu me condenaria na hora.

A banda começou a tocar quando as cortinas subiram. Dançamos nos ritmos das composições de Fignolé e das de Bob Marley, de Shaba, de Alpha Blondy. Fignolé tocou melhor do que nunca, como se fosse pela última vez na vida. Como se ele entregasse seu testamento. Novamente, fiquei arrebatada pela beleza e delicadeza da sua última composição. Música e letra onde a mente vagueia, exulta, se maravilha. Onde são convocadas todas as forças primordiais, todas as forças imemoriais. Fignolé queria que elas viessem e o invadissem, o atravessassem, o submergissem e nos arrastassem em seu rastro. Senti a pedrinha cinza dentro de mim derreter, lentamente, com generosidade e alegria. Dançamos num deleite e numa exaltação incomuns. A música me balançava, me levava, me fazia gingar, enquanto os rapazes tentavam passar o braço em volta da minha cintura, cada vez mais perto. Mais perto. Éramos essa pequena multidão reunida ali e que, por uma noite, se proibia mencionar as desgraças do momento, fechando a porta para as sombras do lado de fora.

Depois da apresentação da banda, o DJ se superou e literalmente botou fogo na sala com a música de Janesta.

E, enquanto eu danço, girando entre os corpos ao meu redor, Fignolé me observa por trás da sua nuvem de fumaça, sorrindo para Ismona. Luckson está se aproximando, os olhos cravados em mim. Era estranho poder olhar para ele assim, tão perto, e ser olhada por ele. Luckson não dança. Não precisa. Luckson sabe que esta jovem mulher, passando de mãos em mãos é uma tocha em chamas. Luckson já sabe que estou deslumbrada. Com o êxtase que ele me provoca. Porém, não sorrio para ele. Não falo com ele. O menor sorriso pode me levar à perdição. A menor palavra também. E eu não quero me perder.

Ismona veio até onde eu estava e nós rimos com vontade, entre esses dois homens.

23

PORT-AU-PRINCE PLANTOU em mim sementes envenenadas e a árvore mortífera não para de crescer, crescer. Port-au-Prince nos escapou como água escorrendo entre os dedos. A desordem roeu cada pedaço desta terra e hoje se tornou uma desordem da alma. Não podemos sarar. Ou será que não queremos? Nos bairros da periferia, com doze anos, um menino é um velho: já despachou dois ou três *cristãos vivos* para o precipício da eternidade e tem os miolos queimados pelo éter. Ele viu demais, escutou demais, fez coisas demais; uma garota de treze anos é uma mulher sagaz, que já tem a seu crédito dois ou três amantes e já ajudou os meninos a encher o abismo da morte. E se a desgraça, um dia, for bater à sua porta, não se obstine em querer apresentar queixa. Os encarregados da defesa das vítimas se organizam para dar continuidade à obra de despojamento e as despedaçam até os ossos. Isso não me impedirá, esta tarde mesmo, eu, Angélique Méracin, filha de Venante Méracin, de declarar à delegacia o desaparecimento do meu irmão Fignolé. E se ele não voltar até a noite, amanhã, apresentarei queixa contra um autor desconhecido. Uma questão de princípio! "Queixa contra autor desconhecido" é uma fórmula que escutei da boca de um advogado na rádio. No mínimo, ficarei com a satisfação de me ater a um princípio neste país feito de "talvez", de "fique calado", de "se", ou de "nunca se sabe se a roda pode girar".

No escuro, atrás das minhas pálpebras fechadas, eu não consegui deixar de pensar em Fignolé. Fignolé onde você está ? Fignolé nos mande um sinal.

Digam à filha má e ao filho pródigo que poderão voltar para casa, desde que se apressem.

A decepção do partido dos Desprovidos deixou Fignolé primeiramente amargurado e depois louco de raiva. Desconfio, também, que ele queira mergulhar em amores dos quais eu não revelarei o nome, de flertar com a morte. Enquanto isso, ele se cega no cânhamo que inala, deixando suas pupilas largas e dilatadas. Afastado do círculo dos mortais, ele acredita, equivocadamente, poder alcançar os deuses e esquecer todos nós. Mas não há o que fazer, Fignolé, o mundo vai alcançá-lo. Ele sempre nos alcança. Mas, eu prometo agora que, quando o mundo o alcançar, estarei ao seu lado. Prometo. Juro. E saberei como segurar suas mãos com as minhas como quando, pequenininho, você dava seus primeiros passos. Saberei como reaquecer as palavras, como Joyeuse. Sim, exatamente como Joyeuse. Ao lado de vocês, ampliarei o círculo dos eleitos. Estarei com vocês ... Sei que divago ... Sei que estou divagando. Um nó se fecha na minha garganta. E meus pensamentos voam em direção ao outro adolescente de quem acabei de fechar os olhos sobre uma noite eterna. Como esquecê-lo? Como esquecer Fignolé, de quem não temos notícias desde ontem? Eu não sei o que ele anda fazendo de suas noites quando sai com seu violão debaixo do braço. Ou melhor, eu sei. Sim, eu sei. Desconfio. Imagino. Como se eu estivesse ao seu lado, atrás dele, na sombra. Da mesma forma que começo a habitar a sombra daquele homem doente, deitado num leito de hospital.

Pelas janelas, vi descer do céu a tela colorida do poente. Resisti, atordoada, naqueles minutos suspensos, num estupor enigmático, celestial. Esses minutos destinados a se lançar, tão rapidamente, na imensidão do vácuo, lá do outro lado. Só me sobram algumas palavras de sobrevivência que se partem contra meus dentes e este dia, se despindo com gestos de árvore ferida. Ao me aproximar de casa, não tenho nem nome nem rosto. A tarde se estilhaçou dentro de mim em milhares de cacos de vidros. Cacos luminosos de cores roxa, lilás e amarela, que voam, rodopiam e quase me sufocam.

Um bando de pássaros risca o céu.

Desço do *tap tap* e assisto, ao longe, a tarde sangrando no azul do horizonte.

24

DEVIA SER MEIA-NOITE quando um rapaz, em pé na entrada do Groove Night Club, acenou para Jean-Baptiste. Eu não distinguia muito bem sua silhueta no escuro. Não sei por que, fui atrás de Jean-Baptiste. Escondida no canto da porta, captei as primeiras palavras de uma dessas histórias nas quais os homens, sem sombra de dúvida, vão para matar ou morrer. Jean-Baptiste, encostado contra uma árvore bem pertinho da entrada principal, estava visivelmente sentindo um prazer brutal ao mencionar essa caçada. Ele estava jubilando, os olhos em chamas. Pensei então que Jean-Baptiste não tem nenhum pensamento na cabeça. Somente pulsões. Bastou que um dia, por mero acaso, alguns conhecidos o impressionassem com um punhado de dólares, meninas e uma caminhonete SUV para que ele se juntasse ao rebanho da infelicidade. Ele poderia ser resumido, sem risco de erro, a um corpo. Um corpo feito para o prazer, as roupas e a violência. Deste último ponto, naquela noite, tenho certeza como dois mais dois são quatro. Eu me afastei intrigada, confusa, em direção aos ruídos da festa.

Na outra ponta da sala, Luckson, sentado à nossa mesa, mantém o olhar cravado em mim. E eu não consigo mais silenciar esse desejo por ele que vem aumentando. Áspero, doloroso. Pela primeira vez, avanço para um homem na dor. Pela primeira vez, avanço para um homem com medo. E quero ficar com essa dor e esse medo que me fazem um bem que eu desconhecia antes. Lembro de ter colocado a mão na mesa, para enfrentar seu olhar. Ele acendeu um cigarro e pediu uma cerveja. Olhava para mim por atrás das volutas de fumaça que, de tempos em tempos, expulsava em formas arredondadas pelos lábios. Sua teimosia me encantava. E eu ia, aos poucos, secretando nas minhas veias uma teimosia tão forte quanto a dele. Naquele exato momento da noite, somos como dois lutadores ferozes, não querendo ceder sequer um centímetro ao outro. Lutamos com uma intensidade igual ao desejo que sentimos um pelo outro. Naquela prova de força, quase vacilamos. Não paro de repetir: "Unidos pela mesma expectativa, você me agrada, Luckson".

Após alguns minutos desse joguinho, Luckson se aproximou de mim e, de repente, senti que meus flancos estavam mal protegidos. Mas, em vez de marcar meus limites, desferi um ataque frontal contra meu adversário. Sorri para ele. Por já tê-la testado sobre outros, eu superestimei a eficácia da minha arma. Com firmeza, Luckson colocou a mão no meu quadril e, levemente, me puxou contra seu corpo. Depois, me levou para fora. Reconheci o velho carro do vizinho que me acompanhou no dia de nosso primeiro encontro. O carro seguiu pelas ruas escuras. Aninhada na volúpia e na escuridão da noite. Homens, mulheres e casas desfilavam pelas janelas. O carro velho cuspia uma fumaça negra, insalubre, e fazia um barulho ensurdecedor. Os poucos pedestres viravam a cabeça à nossa passagem. Desejei que essas imagens de névoa nunca morressem. Entrei num outro jogo. Intenso. Extravagante. Suavemente embalada pelo movimento do carro, parti numa longa viagem. Os outros, todos os outros ficaram atracados no porto. Zarpei. Afastada de tudo, o mundo não pode mais me atingir. Soltei as amarras. Derivo deliciosamente.

Luckson estacionou o carro em frente à mesma casa, no final do beco estreito. E, como na primeira vez, disse simplesmente, com sua voz rouca, quase brutal:

“Venha.”

25

A VARANDA, VOLTADA PARA O LESTE, está sempre imersa numa semiescuridão à tarde. Eu me instalei no cantinho que organizei, logo à direita da entrada, onde uma parte de parede obstrui a visão de pedestres muito curiosos. Estou escutando Gabriel, como atrás de uma cortina de neblina, chutar uma bola com alguns moleques do bairro, gritando muito alto. Ainda me lembro de certas noites quando, dando as costas ao tumulto dos adultos, Mamãe nos levava com sua voz de gruta profunda para o fósforo azul dos sonhos, convocando todos os medos, todos os escândalos e todos os prodígios enraizados dentro de nós, as histórias de ogros e de sangue, as maravilhas diáfanas e azuladas das origens. Sob o olhar atento da lua no quintal ou sob as luzes douradas dançando na varanda, adormecíamos como jovens selvagens com os gestos dos heróis, as imagens fortes da alegria, os segredos das plantas, as viagens dos *galipotes**, a beleza dos peixes voadores e das conchas fosforescentes. Lembro-me de uma noite. Estávamos sentados sob um céu de dezembro, o mais lindo dos Trópicos. Observávamos, fascinados, aquela infinidade de estrelas. Também escutávamos os vira-latas nas ruas, uivando seu pavor da morte, as vozes dos homens embebidas de álcool, as lágrimas e as risadas das mulheres. Tudo isso nos impregnou, eu, Joyeuse e Fignolé: as separações, a dor, as privações, a injustiça e a morte. Porém, o mundo ainda tinha um aroma de inocência. Ainda era um tempo em que a alegria de Fignolé não vinha rachada pela iminência de um desastre.

Frente ao irremediável e ao infernal, nós três íamos reagir de forma diferente: Fignolé na fanfarronice absoluta, na teimosia de afastar as seduções que tentam fazer esquecer a crueldade do mundo. Joyeuse no enfrentamento de viés. E eu na submissão ao mundo tal como Deus o criou.

Hoje, contrariando meus hábitos, não me livrei do meu uniforme nem dos meus sapatos porque tenho que ir até a delegacia e descobrir o que aconteceu com Fignolé. Apenas sentei para pensar. E, agora à tarde, eu realmente queria fazê-lo. Encontrar novamente meu centro de gravidade. Definir meu destino. Seguir minha bússola. Reencontrar o equilíbrio e o rumo. A vida anda tão difícil ultimamente. Nesta ilha. Neste bairro. Tão difícil entre as paredes desta casa.

Sinto como se eu estivesse em queda livre, atraída por uma força poderosa, invisível, como a que rege o movimento dos planetas, a rotação e a revolução da Terra. E me sinto insignificante demais para opor qualquer resistência a isso. Afinal, esses eventos estão respondendo ao divino propósito inscrito no movimento dos astros. Mas, e eu nisso tudo?

De longe vem o Nome de Jeová
Com sua ira em chamas, e densas nuvens de fumaça
Ele coloca na boca dos povos o freio que os desencaminha.

Pela primeira vez, sinto essas palavras do Apocalipse mais verdadeiras do que de costume. Que o fim ainda não chegou. Mas todos esses eventos o estão anunciando. Este instante em que as trevas não deixaram mais passar a luz do dia. No qual o anjo de asas gigantes tocará as trombetas prateadas e proclamará em voz alta que o tempo não existe mais.

Um presságio doloroso se instalou, silencioso, no meu coração. De repente, aspirei a um sono mais profundo que o mais profundo dos poços. Mais tranquilo que a superfície do lago Azuei. Mais regular que a circunferência de uma laranja.

Não ouvi Mamãe chegando. Ela colocou a mão no meu ombro e sentou ao meu lado. Logo, ela me lembrou que eu devia ir à delegacia para notificar a ausência de Fignolé. Houve um momento de silêncio. Esse silêncio que aguarda as palavras que estão brotando em nossos devaneios, essas palavras que a noite trará. Ficaremos nesse pudor obstinado em não falar daquela coisa como se cada uma quisesse proteger a outra de um fardo muito pesado para carregar. Porém, essa coisa fará com que estejamos juntas como nunca no amor de um único homem.

Mamãe é uma mãe afetuosa. Ela nos ama hoje mais do que ontem e, amanhã, mais do que hoje. Ela nos ama até a loucura porque, nesta cidade, ela sabe que pode nos perder a qualquer momento. "Hoje em dia, quando você põe o pé para fora de casa, é como se fizesse uma aposta na *borlette**, você não sabe se vai voltar. Hoje em dia, cada um anda com seu caixão debaixo do braço, porque a morte não está mais nas trevas subterrâneas. Com o coração sereno, em pleno sol, ela sobe e desce as ruas desta cidade e, antes que possa perceber, quando cruza com ela, você já está duro como um cadáver."

Junto minhas forças para dar um passo após o outro e ir até a delegacia, deixando Mamãe com suas orações. Ela ligará para a Sra. Jacques e o sussurro de suas litanias subirá para o céu como um zumbido de colmeias. Rezarão, passando incessantemente as contas de um terço, até ficarem com a garganta seca e bolhas nos dedos.

A presença de Willio na entrada da delegacia me tranquilizou. Willio me levou até seus colegas. Apesar de tudo, o delegado de plantão achou bom me deixar esperando por mais de uma hora. É incrível, nesse país, o quanto ficamos esperando pelas autoridades que estão sempre ocupadas ou apressadas e que nos pedem para voltar amanhã "se Deus quiser". Eu me esforço para observar da melhor forma possível esse funcionário do Estado encarregado de nos garantir a proteção da República. Ele me avaliou já na primeira olhada. Chegou à conclusão de que ia ser difícil conseguir de mim qualquer favor, digamos, íntimo. Tentou o olhar inteligente. Demonstrou suas capacidades e seu charme sobre uma dessas jovens que andam de baixo para cima e de cima para baixo nos corredores das administrações públicas. Fiquei imperturbável e me parece que ele não gostou disso. Vai tentar me arrancar uma certa quantia de dinheiro, que não temos, mas pela qual estamos dispostas a nos endividar por uma boa década se necessário.

Quando chegou minha vez, sentei à sua frente, eu não conseguia parar de falar para mim mesma o que eu tinha concluído ao observá-lo: Você, com certeza, tem um passado nada limpo, um presente no mesmo estado. E não existe chance alguma para que a ordem das coisas mude no futuro.

"Vim notificar o desaparecimento do meu irmão Fignolé Hermantin, que está com vinte e um anos de idade."

Ele sugeriu que eu sentasse sem nem levantar os olhos. Da forma como ele me respondeu "Aguarde", eu logo soube que a partida estava perdida. Instantes mais tarde, quando ele acenou para mim, continuei informando idade e profissão de Fignolé. Descrevendo alguns traços específicos de sua aparência, sua altura e seu cabelo com as pesadas tranças rastafari. Claramente, ele não gostou desse último indício. Esboçou uma careta de nojo. Fiquei imperturbável.

O delegado me escutou distraidamente e depois disse "Ligue mais tarde", e em seguida "Volte amanhã". Talvez eu tivesse mais sorte se ele dissesse: "Este é meu preço. Quanto você está disposta a pagar?" Mas ele não disse nada e também não lhe dei a oportunidade . Eu não tinha condições e, sem condições, ele teria me pedido para pagar com o único bem que, ao seu ver, eu possuo. Eu tampouco teria feito isso.

Sua voz se apagou no mesmo momento em que a raiva e o desespero me tiraram o fôlego. Deixei a delegacia no momento em que Jean-Baptiste entrava, cumprimentando de forma muito cordial o delegado e seus homens, todos parecendo encantados ao vê-lo chegar. Surpreso com a minha presença, ele tentou me tranquilizar, pegou minhas mãos para me dizer que tomaria providências por intermédio de pessoas do alto escalão.

"Sim, Jean-Baptiste, sim..."

E pela primeira vez vi Jean-Baptiste como ele é. Um dançarino de *compas**, de *laloz**, de *gayé pay** e de salsa. Arrogante, gozador e, hoje, perigoso.

Willio me esperou à entrada da delegacia e pelo visto estava querendo me dizer alguma coisa. Ele se aproximou e cochichou no meu ouvido:

"Não volte nunca mais a este lugar, Senhorita Angélique. Nunca mais."

26

AO ABRIR A PORTA, seu braço roçou o meu, deixando na minha pele a sensação de uma mordida. Luckson, então, sussurrou algumas incongruências em meu ouvido. Palavras se fundindo uma na outra, "sua boca, você, desejo". Um rio estava jorrando dentro de mim. E o desejo por esse homem explodiu dentro das minhas veias em milhares de bolhas. Eu disse: "Meu amor" sem pensar. Como se estivesse cantando. Baixinho. Murmurando. Abri minha blusa eu mesma. Na minha pressa, quase arranquei um botão. No primeiro momento, minha ousadia o surpreendeu, depois ele gostou. Tanto que seu rosto se transformou num sorriso de admiração e de prazer.

Luckson me despiu como quem, morrendo de sede, descasca uma laranja. Apertou os lábios contra meus seios, minha barriga, deslizando as mãos até o triângulo escuro das minhas coxas. Lentamente, meu corpo se estimulou sob seus dedos e sua boca. Sobre minha pele em chamas, ele deixa rastros de febre. Ofereço meu ventre aos seus lábios, meu seio à sua testa. Sua barba por fazer me provoca cócegas e, de repente, me pego rindo. Eu nunca ri com nenhum desses homens cujos ardores me lisonjearam, me repugnaram ou me deixaram indiferente. O riso do Luckson é como uma graça. Não sei se eu devo aceitá-la. Não sei... Banho meu rosto contra sua pele. E Luckson me segura, forte e suave. Muito forte e muito suave entre seus quadris. Até atingir essa dor voluptuosa que me toma e me revira lentamente.

Luckson é homem de determinação e de amor; gosto que ele seja assim.

Pensamentos passaram raspando por mim, largos como a geografia das nuvens. Eu não quis reter nenhum deles, muito menos os que, num piscar de olhos, tentavam me capturar naquela estranha melancolia ou na pitada de felicidade que se segue, por vezes, aos nossos afagos sensuais. Rapidamente, me livrei tanto da melancolia quanto de qualquer tentação de felicidade. Assim como as outras moças da periferia, conheci muito cedo as primeiras volúpias carnais. Elas nunca conseguiram tirar de mim esta alma exposta desde o nascimento à privação, uma desconfiança inata para com a felicidade dos livros e a melancolia do cinema.

Depois de um tempo, me afastei do abraço de Luckson. Olho para ele fascinada. No banheiro, passo batom. Meus lábios engrossaram como se eu acabasse de acordar de um sono prolongado. Minha testa brilha. Eu gostaria de fazer meus olhos mentirem. Eles estão brilhando demais para não ser os de uma mulher que acabou de ser amada. Que também acabou de amar. Meus olhos estão cintilando demais para não me traírem. Olho para meu reflexo uma última vez e digo ao espelho: "Coração meu, por favor não se empolgue, não se empolgue..."

Mas, desde então, contrariando minha própria vontade, cresceu uma força contra a qual não posso fazer nada. Um pensamento se instalou ali, bem dentro de mim, em volta de uma imagem, sempre a mesma, a de Luckson. Embora os outros andem, respirem, sorriam. Não os vejo mais andar, não os escuto mais respirar, estou cega aos sorrisos deles. Por mais que tentem, não os sinto mais se aproximando de mim, me procurando com sua arrogância e sua fome. Nenhum deles pode me consolar como Luckson. O cataclismo já aconteceu.

Fechei mais cedo as portas da butique. São apenas quatro horas. Preciso dar um pulo na casa do tio Antoine para avisá-lo da ausência de Fignolé. Sinto minhas forças me abandonando. Mas não posso fraquejar. Não devo fraquejar. Irei encontrar o Luckson de novo. Esquecerei tudo com a pele do Luckson. Esquecerei com seus quadris estreitos. Sob suas mãos audaciosas. Estou com saudades do Luckson. Ele me espera em algum lugar nesta cidade...

Negro e oriundo de uma família pobre, o tio Antoine buscava nesta cor aviltada e em suas origens populares os argumentos indiscutíveis para roubar o Estado e armar golpes. Todo dia, a tia Léonide, sem descanso e em silêncio, ajudava o tio Antoine a não despencar. Após alguns anos dessa luta sem piedade, Léonide Nériscat se tornou uma pessoa maldosa, resistente e falsamente amável. Olhando mais de perto, a tarefa do tio Antoine e da tia Léonide era árdua e não lhes deixava trégua nenhuma. Tão árdua que esbranquiçara precocemente o cabelo de Antoine Nériscat e lentamente corroera os olhos de sua esposa, deixando em volta duas grandes bolsas lívidas,

Minha conversa com o tio Antoine foi rápida. Durante toda minha vida, conversei muito pouco com esse tio que nos recebia, nós, os pobres, entre o quintal e a cozinha. A riqueza de Antoine Nériscat era motivo de admiração para nós, que a miséria queria aprisionar. Antoine Nériscat pensava, consigo mesmo, que os que eram pobres estavam nessa situação só porque não souberam se virar com as tramoias e estratagemas que estão sempre ao alcance da mão. Ou porque eles estavam atolados em considerações inúteis e sem fim, sobre a justiça e a injustiça, o mestre e o escravo, imaginando que essas coisas podiam pesar frente à realidade do mundo.

Em poucas palavras, eu lhe expliquei nossa preocupação. Sem esperar, ligamos para a casa da Sra. Jacques. Descobrimos que Paulo voltara de Martissant ainda mais mudo do que quando foi. Por desencargo de consciência, tentamos o misterioso número de telefone e caímos numa delegacia. O tio Antoine entende que ele precisava, imediatamente, inventar um pretexto. Sinto o teto descer a ponto de me esmagar. Meu coração vai saltar do meu peito. O tio Antoine desliga e franze as sobrancelhas. O tio Antoine não está gostando do que acabou de acontecer. Ele está, provavelmente, com medo. Mas, dentro dos seus olhos, eu também leio uma ira muito grande. Então, o tio Antoine, sem saber ao certo, entre seu medo e sua ira, qual dos dois escolher, se lançou finalmente num violento discurso contra os costumes de Fignolé, sua preguiça, suas imprudências e sei lá mais o quê. Sinto que o tio Antoine está à beira de uma síncope. Ele saliva e seus lábios tremem. Digo que eu não vim, a essa hora da tarde, para conversar a respeito de Fignolé, mas para encontrá-lo. Ele me mostra a saída e me larga como um osso a um cachorro: "Vou ver do lado dos meus conhecidos políticos e eu aviso vocês. Dê um beijo na sua mãe e volte para casa logo."

O mistério do meu irmão Fignolé, longe de se dissipar, se adensa.

27

QUANDO, DEPOIS DO NASCIMENTO DE GABRIEL, compreendi que o homem de camisa aberta no peito e com o dente de ouro não voltaria, várias vezes por dia eu enchia uma bacia e me lavava, me esfregava. Incessantemente. De pé, em frente ao espelho, eu examinava meu corpo que tinha acabado de deixar os contornos ingratos da infância, apalpando cada centímetro de pele, cheirando meus braços, minhas axilas, minhas coxas, meus tornozelos. Eu estava surpresa de não achar nenhuma marca visível da ignomínia que me corroía por dentro. Que eu sentia gravada em mim pela ponta afiada de uma faca. Do prazer, não sobrou nada. Eu o anestesiei, lá, no fundo da vergonha. O cheiro do homem, o suor que ele deixou no meu peito, o sêmen misturado ao sangue, todos esses fluidos animais se impregnaram em minha pele e contaminaram até minhas vísceras. Dentro de mim, desabrochava uma podridão, uma carniça.

Esta noite, esfrego meu corpo para lavá-lo da morte, para lavá-lo do sangue, para esquecer a vergonha. Quero abrir espaço para outro dia banhado de luz selvagem à beira do mar. Meu corpo continua jovem, apesar de cansaços antigos e densos. De pé, em frente ao espelho, olho de novo meu rosto como se eu o tivesse esquecido há muito tempo. Como se eu fosse uma forma qualquer na qual teria sido derramada uma história que não a minha. Como se visse esse corpo pela primeira vez. Mas eu existo há vinte e sete anos. Vinte e sete anos.

A solidão de uma mulher a deixa selvagem. Excessivamente selvagem. Estou precisando de um homem ao lado do qual minha vida ganharia outras cores. Não um homem que incendiasse a minha vida, mas um homem que viria vestido de sol e de chuva. Um homem arco-íris. Um homem pelo qual eu lutaria, a raiva no coração. Mulher, eu posso enfrentar de pé todas as outras por este homem. Por já tê-la medido, conheço minha força.

O tempo passa e para mim isso fica insuportável, sentir passar, atrás das minhas costas, os segundos de um relógio implacável. Tanto que, às vezes, me dá vontade de fechar os olhos, me encolher para morrer debilmente de uma morte de animal abandonado. Meu passado é feito de dias e eventos que parecem não me pertencer. Que eu não escolhi.

Quem é o desconhecido, já a caminho, que virá e me oferecerá novamente o gosto dos minutos, a sede das horas e a impaciência dos dias... Bastaria um gesto. Um só... Será necessário apenas obrigá-lo a olhar para mim, forçar suas muralhas. Um homem que eu receberia como uma oferenda. Que comeria minhas refeições e minha pele. Que sairia todas as manhãs para conquistar o mundo e voltaria à noite para ancorar em mim sua angústia de homem. Que eu aceitaria no mais fundo da sua fraqueza como no mais alto da sua força. E já, dentro de mim, essa vontade de lhe gritar: Acontece de você sentir medo? Você gosta de fazer amor ? Quem são as mulheres da sua vida? Seus filhos, se é que você os tem, como se chamam? Acontece de você sonhar comigo ? Com a minha voz? Com meus olhos? Com meus seios debruçados sobre você?

Eu penso em meu desconhecido. Logo em seguida, penso que sou uma mulher. Que estou viva como mulher, não como outra coisa. Que tenho um corpo que ainda pode servir. Que carrego aqui, dentro de mim, aninhado entre meus quadris, o único baluarte contra o céu, a mais linda defesa contra a morte. Eu sorrio e tenho até vontade de gargalhar. Uma risada que subiria do meu íntimo profundo até a minha boca.

28

HÁ UM TORMENTO nesta cidade. Há uma ebriedade também. E há esse homem que veio ao mundo para me perder. Odeio a mim mesma por ter baixado minha guarda. Odeio-me por me encontrar sob o controle de Luckson. Odeio-me por naufragar. Voltar ao andar térreo. A esse colchão estendido sobre o chão.

Luckson nunca disse que eu o atraía ou que ele gostava de mim. O silêncio de Luckson é mais profundo que o silêncio dos homens. Então, a memória dos nossos gestos basta, a das nossas peles também. Há a força da minha mente, a leveza do meu corpo. Minha cabeça não quer ceder. Meu corpo procura o seu. Meus joelhos estão tremendo de desejo. Em determinados momentos, fico irritada com a minha admiração por Luckson. Esse homem desperta em mim a ideia maluca de me entregar.

Luckson me espera. Ele abriu a porta e pegou minha mão. Com firmeza, me obrigando a segui-lo. Eu o observo com toda a força dos meus olhos. Quando vê que eu estou olhando para ele com tanta intensidade, seu rosto se abre como se fosse se partir em dois. Olho com mais força ainda. Sinto que vou desaparecer dentro desse rosto. Surpreso, Luckson estende a mão para acariciar minha face. E quando desliza o polegar entre meus lábios, eu o retenho entre meus dentes, num momento de doce confusão.

Não consigo parar de olhar essa mão que me arrancou da multidão. A ferida daquele dia deixou uma cicatriz. Olho para ela como algo nunca visto antes. Algo que nunca foi abordado. Estou imersa no fascínio e na ternura dessa mão.

Deito contra o corpo de Luckson. Fecho os olhos. Luckson, pousando o dedos entre meus seios, me pergunta:

"Diga-me, lá no fundo, lá onde você guarda seus segredos, como você está?"

Eu digo:

"Cale-se."

Ele insiste. Repito:

"Cale-se ou vou embora."

Como dizer que eu não sou uma pessoa bem-comportada. Que meus quadris são frágeis. Tão frágeis... Que eu incendeio e destruo. Que, para todos os que me procuram, eu só entrego o que eles pedem, o envelope, o simulacro. Mas não essa sombra chamando dentro de mim. Esse aterro. Que estou ainda aquém das minhas trevas. Muito aquém. Que ele é minha primeira paixão sem prudência. Que eu deitaria aos seus pés. Que eu queria, mais que tudo, que ele me mantivesse acordada a noite toda. Dias de fuga. Noites de travessia marinha e de floresta profunda. Dias de mar aberto. Dias no ventre do sol. Em vez de tudo isso, sussurro novamente:

"Cale a boca, cale-se."

Então, Luckson se irrita. Ele me pega pelos ombros e me força a sentar. Perdeu sua calma habitual, que sempre acreditei se tratar de uma distância de jovem deus. Na sua raiva, ele volta a ser mortal, vulnerável. Seu rosto demonstra raiva e, ao mesmo tempo, uma curiosidade intensa. E eu não abro a boca. Não quero arriscar essas palavras nuas, sem os muros e sem as máscaras da noite. É cedo demais, forte demais. Luckson me recrimina com uma delicadeza que ele não percebe. Assim como não sabe até que ponto essa delicadeza me tocou.

Não trocamos mais nenhuma palavra. O silêncio invade nossa história. Nesse silêncio, sei que eu nunca vou esquecer o Luckson. Nunca. Assim como sei que um dia vou morrer. Assim como sei que a lua banhará o mundo com sua luz. Esta noite, amanhã e outras noites ainda. Assim como sei que Fignolé está ausente e que sua ausência incendeia minhas entranhas.

E depois, Luckson. Estendi a mão para tocar no seu rosto. Pressionei minha boca contra a sua. Eu queria provar o sopro salgado da sua vida. Você procurou meus lábios para forçar meus segredos. Minhas pernas se fecharam, duras, sob a pressão da sua mão. Você não sentiu a retração de todo meu corpo. Você não soube ver meus olhos desesperados abertos para a noite. Mesmo quando, lentamente, meu corpo despertou sob a delicadeza dos seus dedos, sob a força dos seus quadris. Até a desordem radiante que inundou meu ventre. Até o vasto silêncio do prazer. Um prazer avassalador, arrepiante, que eu mal podia aguentar. Como se esses ataques do seu corpo fossem atingir, abrir, inundar e curar minha alma. Eu não queria sarar. Eu queria fugir e não podia. Finquei as unhas na sua pele para não afundar.

Estávamos tão pasmos pela delicadeza, esmagados pelo gozo, que olhamos um para o outro como dois estrangeiros chegando de uma terra distante. Uma violência dissolveu o mundo durante nossa ausência. Você desabou ao se virar. Mordi a ponta do colchão. E deixamos o cansaço do amor tomar conta de nós.

Saí de lá vacilante, embriagada pela pergunta que, ao mesmo tempo, encanta e machuca: "Luckson, por que deixar em carne viva um coração que não deve estremecer por nada. Por quê?"

Luckson quis me acompanhar por causa das ruas que não estão mais seguras. Está abafado lá fora. Já faz tempo que o sol escondeu seus dedos nos lençóis amassados das nuvens. E essas nuvens invadiram o mundo como uma procissão sombria, avançando na tela de fundo impassível da terra, do mar e do céu. Luckson só rompeu seu silêncio quando me pediu para avisá-lo, caso tivesse qualquer notícia de Fignolé. Ele me deixou no ponto de *taps taps* perto de casa. Eu não virei para olhá-lo.

Já está escurecendo. O gosto da noite no meu rosto e minhas mãos, meus braços e minhas pernas. Esse gosto que deixa na alma essa estranha mordida e desorienta os sentidos. A noite escura, cheia de murmúrios, de sonhos, de chamados e de gritos caminhando em direção ao coração das casas adormecidas.

Na varanda, sentarei entre Angélique e Mamãe, e não direi nada por um longo momento, ou bem pouco. E depois, sem sequer realmente pensar, algumas palavras surgirão dos nossos sonhos. Neste silêncio e nestas palavras nós nos amaremos muito. Seremos boas também. Quase contra nossa vontade. Será o único momento de descanso acordado para Ti Louze, sentada num degrau na entrada de casa. Finalmente, ela flutuará na mesma humanidade que nós. É o momento do dia em que poderíamos nos escutar por horas a fio. O momento da palavra nua. Forte. Sem os trapos, sem as muletas do mundo.

É a hora em que vamos buscar a palavra muito longe ou à flor da vida. As palavras que chegam dessas terras são remotas, doces, sacudidas de risadas, rasgadas, queimadas, frágeis, poderosas, preciosas.

29

DOS QUATROS CANTOS DA CIDADE, fogos se projetam dos lixos amontoados e nos queimam os olhos. Todo dia, ao fim da tarde, incendiários crucificam a miséria de Port-au-Prince para ela se calar. Avançamos sossegados, meio cegos, através de uma neblina enganadora. Este é o momento em que a noite desce sobre o rosto da Mamãe. Esse rosto único, de quem nunca vai embora, de quem fica ao seu lado para sempre, apesar da tempestade em sua vida, apesar do incêndio que a devasta. O rosto da Mamãe é um pedaço de terra mansa. Nessa terra colocamos nossos pés descalços sem medo de nos machucarmos. De tanto querer vasculhar a noite, Mamãe é um barco singrando uma água negra. Ela avança, mas não vai a lugar algum. Dentro dela, o silêncio é tão profundo quanto no interior do imenso ventre de água do mar. Será que ela perdeu o rumo? Ela tem tanto medo de naufragar. Sim, tanto medo. Por alguns momentos, a lua derrama cal viva e, aliviada, ela examina o mundo dentro dessa luz branca. E, novamente, traça uma rota em direção à espera do seu filho.

A noite, delicadamente, se inclina. Eu a escuto descer na sua música e na sua discrição. Noite do Éden, noite antes da Queda. Com ela desceram os grandes sentimentos. Pode ser que Mamãe fale sobre sua infância que queimou rapidamente, como um fogo de artifício. Cochichos no ouvido dentro da escuridão, barulhos dos primeiros passos em direção às cestas guardadas juntas, perto das senzalas, do aroma do café misturado a um pouco de água para ela e a tia Sylvanie. Café espesso e preto do jeito que ela gosta até hoje, nas cores algodoadas da aurora. Ela seguia os passos de sua mãe, Sylvanie ao seu lado. Três velas cor de ébano deslizando no nácar da noite. Ela não falará dos que foram moídos pela cana-de-açúcar na República Dominicana. Dos que, enterrados em sepulturas de água, nunca alcançaram margem alguma. Dos que ficaram no país da infância, o que será deles? Ela não dirá que todos seus pedidos à terra foram em vão e que eles morreram sem que a terra tenha respondido às suas súplicas.

Joyeuse chegou e se juntou a nós, perdida em seus pensamentos. Em poucas palavras, eu lhe conto minha visita à delegacia. Estamos balbuciando no meio das sombras. Nós, mulheres de muitas palavras, gordas de tanto silêncio. Deus, como somos silenciosas em nossas gesticulações!

As palavras acabam vindo. De longe. De muito longe. Elas vêm do fundo de uma solidão e de mais longe ainda. Por isso, gostaríamos de guardá-las dentro da mão, para nos tocar de mais perto ainda do que faríamos nos abraçando.

Ainda não acendemos as duas lamparinas de querosene. Para dizer a verdade, ainda não estamos com vontade de acendê-las. Tem palavras o suficiente, silêncio e sonho o suficiente para se ver por dentro. Os passantes têm dificuldade em nos ver, mas nos cumprimentam: "Salve, Dona Méracin", "Boa noite, Senhorita Angélique", "E as novidades, Joyeuse?" O mundo sucumbe sob seu próprio peso. Nesse recolhimento, nós não vemos Paulo chegar, mas o ouvimos bramir como um animal. Ouvindo os berros de Paulo, nós três entendemos que uma grande desgraça está a caminho.

"Mataram o Fignolé", gritou ele três vezes seguidas.

Rapidamente, Ti Louze acende as duas lamparinas. As primeiras sombras dançam na luz laranja. Vemos nitidamente os traços de Paulo. Paulo está irreconhecível. Sua dor parece estar gravada no osso com a ponta de uma faca. Vanel, o baterista da banda, o sustenta como um idoso sem forças e fala em meio aos soluços que mal consegue conter: "Eu estava lá."

Mamãe não diz uma palavra, mas, da sua boca, sai um som indescritível, que deve ter nascido no seu ventre, seguiu pelo peito, sufocando a garganta e jorrou pela boca. Depois, mais nada. Foi necessária a ajuda de dois homens fortes para reanimá-la e depois envolver sua cintura com um tecido para que a dor fizesse, no interior de seu ventre, seu tempo e seu ninho, assim como se carrega uma criança. A Sra. Jacques prendeu seus cabelos com um lenço.

Vanel se deixa cair numa cadeira bamba e, não podendo se conter, nos conta:

"Eu ia ajudar a Sra. Guérilus, a mãe de Ismona, a fechar os dois batentes da porta da entrada da sua casa quando quatro homens, civis, usando camiseta de mangas curtas, manchadas de suor, boné e tênis, pararam à nossa frente. Dois deles empunhavam um facão, os mais velhos tinham armas automáticas. Então, o mais decidido, que devia ser o chefe, avançou. Levantou a camiseta e mostrou uma pistola nove milímetros na sua barriga. "Fecha, fecha rápido, gritou a Sra. Guérilus. Fecha rápido."

"Não deu tempo e eu tive que recuar por uma viela contígua à casa e avisar Fignolé e Ismona. Fignolé não pôde fugir. Alertado pelos gritos da Sra. Guérilus, ele pediu para Ismona se refugiar sobre o telhado. Já era muito tarde para ele entrar na casa e as forças, muito desequilibradas entre os dois lados, não lhe eram favoráveis. Então, ele resolveu cobrir nossa fuga pelas ruelas próximas. Pegando um facão, ele atingiu o primeiro dos invasores que atravessou o quintal. Depois, Fignolé pulou um muro e nos encontrou. Acabamos num beco sem saída do outro lado do bairro e ali decidimos nos separar para facilitar nossa fuga. Eu o vi desaparecer na noite sem saber que nunca mais o veria. Os agressores também se dividiram em dois grupos. O primeiro se lançou atrás de nós, enquanto o segundo entrou na casa, como profissionais acostumados a esse tipo de operação. Um deles, em pé ao lado da Sra. Guérilus, lhe ordenou que se calasse. Imediatamente. O chefe deles insistiu: 'Não vou falar duas vezes.'"

Um desânimo imenso toma conta de mim. Minhas pernas estão tremendo. Estou tonta. Não escuto o fim do relato do Vanel. Mas entendo que tem um nome ali que ele está hesitando em pronunciar: "eu vi... Eu vi..." Ele está chorando como uma criança, mas as sílabas que nós estamos esperando não atravessam seus lábios. "Fala, quem?" Pelo visto ele está aterrorizado. Então, não insistimos. Fingimos, todas nós, não querer saber mais do que isso. Menos Joyeuse. Ela olha fixamente para Vanel. Joyeuse conseguirá. Joyeuse sempre consegue. Vanel sabe que ele não escapará de Joyeuse, mesmo que hoje ele esteja evitando seu olhar e chorando cabisbaixo.

A morte de Fignolé já não é mais algo que está para acontecer. Aconteceu. Esta noite, parei de esperá-lo ansiosamente. Estou surpresa de me sentir aliviada. Mesmo com esse grande buraco no meio do peito, estou aliviada. Mesmo ele estando sozinho em seu mistério e eu nessa espessa neblina na qual a morte dele me deixa. Não podíamos mais o impedir de morrer. Não achamos as palavras para convencê-lo a viver.

Os vizinhos, arrancados de suas casas pelos nossos gritos, chegam em procissão e se amontoam entre a varanda e o quintal. Enchemos a noite de clamores dilacerantes.

Willio e Jean-Baptiste, bloqueados na delegacia, saberão da notícia durante a noite ou amanhã de manhã. A casa está lotada. Lolo envolve Joyeuse com seus braços, embalando-a devagarinho. Outros vizinhos continuam chegando num movimento lúgubre e pesado, atravessando a feição da noite para celebrar a morte que é eterna e que rodeia para sempre a cidade, como se este lugar se encontrasse num outro tempo, anterior ao começo do mundo. Como se este lugar fosse uma ideia no ventre da Gênese.

Mamãe balança de trás para frente, depois de ter gritado como se estivessem arrancando suas entranhas. Ela começou uma estranha melodia que parece nascer no fundo da sua garganta. Boca fechada. As vizinhas, que vieram emprestar suas lágrimas e suas lamentações a seguem nessa algaravia de sons e de gritos abafados.

Preciso me vestir. Boss Dieuseul e Mestre Fortuné não quiseram que eu fosse sozinha reivindicar o corpo do meu irmão junto às autoridades. Eles querem me acompanhar. Só Deus sabe do que a besta é capaz! Joyeuse raspou os fundos das gavetas para comprar uma garrafa de rum na loja da Sra. Jacques. A Sra. Jacques recusou o dinheiro, claro, e deu a garrafa, os miúdos, o agrião e as bananas da terra para o caldo. Lolo quis assumir a responsabilidade de todas as refeições do dia seguinte. Joyeuse também pensou no chá de gengibre e de canela que as mulheres vão bebericar até o amanhecer. Boss Dieuseul colocou, ele mesmo, a mesa de dominós na entrada de casa. Quando estiverem suficientemente bêbados, os homens se lembrarão das extravagâncias de Fignolé, sua vida à flor da morte. Nessa tristeza que devora nossas vísceras. Na luz suave das lamparinas a querosene, que desenha grandes manchas de sombra em nossos rostos como se eles tivessem sido parcialmente roídos pelos ratos.

Assim como Jesus, eu avanço num deserto e todas as minhas tentações se resumem a uma só: quero gritar para Deus que eu não acredito que ele exista. Em vez disso, fecho os olhos e a boca sobre minha blasfêmia. Eu me ouço dizer pela voz de uma estrangeira: "Meu Deus, seja feita a vossa vontade!"

30

NUNCA ME ESQUECEREI DOS OLHOS DE FIGNOLÉ. Os do sol da infância. Olhos noturnos, desde então. Atravessados de sombra, profundos como uma caverna. Diante dele, só podíamos ficar no limiar desse abismo. O que você queimava em seus baseados, Fignolé? Em vão, procurei o sol para colocá-lo em seus olhos. Para embriagar seus fantasmas. Para contornar todas essas emboscadas armadas contra você. Quero ir lá na grama e nos cascalhos para recolher seus olhos. Fignolé, fogo fátuo que, para sempre, virá dançar em meus sonhos. Talvez seja necessário nascer duas vezes para viver um pouco, só um pouco. Uma primeira vez, pela dilaceração de uma carne, uma segunda, pela violência do coração. Agora, aqui estou, sozinha, com esse coração que você me fez. Só amor por você, irmãozinho morto.

Você partiu à noite, filho teimoso de uma terra que resolveu fechar os olhos sobre seus delitos. Para não ouvir mais esse tumulto que doía nos seus ouvidos. Para não saber mais nada sobre os antigos rancores, os sofrimentos de ontem, as *bayahondes** do medo. Será que você cantou sua última composição de reggae, ao ver a morte avançar?

Imagino-o correndo rápido, teimando em sonhar, obstinado com o futuro, a cabeça para frente como um jovem touro. Será que você pediu para apanhar até sangrar, até a medula? Quais foram as imagens que passaram por trás de suas pálpebras? Qual foi o pedaço da lua que o iluminou pela última vez? Eu queria tanto ter sentado ao lado do seu corpo estendido. Abraçá-lo. Pôr a mão na ferida do seu coração. Costurá-lo com meus dedos. Ficar com sede de sua sede. Sentir na minha garganta sua respiração difícil, seu sopro de moribundo. E chorar ao seu lado, meu único, meu tudo.

Ti Louze está sentada num dos degraus da entrada de casa. Um pequeno punhado de infelicidades perdido neste degrau. Seus olhos estão cheios de lágrimas. Ela lamenta a perda de Fignolé e sabe que não tem esperança alguma para ela entre essas quatro paredes. Gabriel, sentado ao seu lado, chora em silêncio. Estou preocupada com Angélique. Ela tremeu tanto que achei que seus ossos se entrechocavam dentro do seu corpo. Mamãe se mostrou mais forte do que eu teria imaginado. E todos os vizinhos se precipitaram até nós. E estamos todos juntos, mais unidos do que nunca, compartilhando nossos pratos de vergonha, nossas bebidas de quem-quer-embebedar-suas-desgraças. Apertamos o cinto para manter a vingança no interior. Resignada, ela arqueia as costas, balança o corpo, olhos incandescentes. Insustentáveis.

Mamãe deu um grito, que parecia ter sido arrancado da garganta de um lobo. Como um chamado para o assassinato. Foi a outra divindade, *Erzulie Dantor**, com seus olhos vermelhos de tanto chorar, esbugalhados de ódio, que a fazia uivar, bater no peito e arrancar suas roupas. Uma vez *Erzulie* tranquilizada, Mamãe se deixou conter, tal como uma fera em cativeiro. Um lenço foi amarrado em volta de sua cabeça e um grande tecido em torno de sua cintura. Para que a dor, ali, fizesse seu ninho e seu tempo, assim como se carrega uma criança. Amanhã, na primeira hora, Angélique irá avisar ao padre André. Nosso padre André. Eu irei até a casa da tia Sylvanie. Com certeza, ela ajudará

Mamãe a preparar a cerimônia do *Boule Zin**. Mamãe encherá sozinha as cabaças de água, no pé do *poto-mitan**. Cavalgadas pelos deuses, ela e Mamãe cambalearão, olhos revirados, girarão sobre um calcanhar, desmoronarão desarticuladas como marionetes ou silenciosas como a seda. Vestida de branco e com a *ason** na mão, Mamãe convidará as divindades e os mortos a deixar suas casas de água. Trazendo palavras de espuma, algas e sal.

Através da voz das cavalgadas, os deuses e os mortos falarão com os vivos e Fignolé contará seu segredo. Queimando seu violão, sua camiseta favorita e seu caderno de anotações no pé dos *Invisíveis* da água, Mamãe dirá num sussurro:

"Filho, você me trouxe tudo, o cansaço, a ternura e o desespero."

Hoje à noite, eu, Angélique e Mamãe ainda não tivemos tempo de procurar entender. De aprofundar. De colar novamente os pedaços da história. A história do fim do nosso Fignolé. Entre nós três. Sozinhas. Sem testemunha.

Fignolé, sinto sua falta, sinto sua falta como um membro amputado, como um filho natimorto. Nada poderá preencher o espaço no qual você se evoluía, andava, gemia, falava e gritava sua dor para o mundo. Nada poderá preenchê-lo. Nada poderá substituir sua mão no meu cabelo, seu braço em volta dos meus ombros. Sua voz que me dizia: "Irmãzinha, como eu te amo."

Desabei ao lado da Mamãe, mas não fechei o olho a noite toda. A imagem do revólver surgiu de um abismo profundo, assustador. Ela é a única a poder expulsar a de Fignolé. A única. Minhas costas estão banhadas pelo suor, como se eu estivesse com febre alta. A camisola gruda na minha pele. Adormeci uns dez minutos para acordar com os dentes arenosos, um nó na garganta, como se eu tivesse engolido um punhado de conchas. Sinto formigamentos nas pernas. Levantei da cama com cuidado para não acordar Mamãe. Mas Mamãe está deitada no escuro, imóvel, com os olhos bem abertos, olhando fixamente para o teto. Parece que, debaixo dos lençóis, ela foi transformada em estátua. Cubro meus ombros com seu velho xale e vou para o quintal.

Na minha garganta, estilhaços de conchas não deixam passar nada. Nem lágrimas, nem raiva, nem gritos. Um substrato estranho. Seco e frio. Mais para baixo, no peito, minha pedrinha cinza se torna cortante. Dura. Quebradiça. Durante a noite, tive a sensação de que ela estava endurecendo com verdadeira malevolência. Agora de manhã, experimento o gosto do ódio pela primeira vez: sublime sentimento que esquenta o corpo como o álcool. Estou avaliando a profundidade do mal e a variedade infinita das suas consequências. Jubilação, euforia, indizível sentimento de superioridade que ele oferece, quando está coroado pelo sucesso.

O último ato da minha antiga vida será mandar embora a Ti Louze, sem ninguém perceber. Eu a entregarei ao orfanato das Freiras ou algum outro lugar. De qualquer forma, longe daqui. Devo isso a Fignolé. O primeiro ato da minha nova vida será abandonar Luckson, depois de tanto ter esperado por ele. Sem arrependimento. O arrependimento é uma vaidade fora do lugar. Lolo está certa.

Penso no outro. No traidor. No vestido provocante que eu usarei nesse dia. Nos meus sapatos de salto alto. No vermelho carmim com o qual desenharei minha boca e nessa coisa que esconderei na minha bolsa. Penso nesse traidor deitado sobre mim, ofegante pela última vez. Escuto a detonação. Sinto o sangue morno nas minhas mãos. Vejo seus olhos, exageradamente grandes, fitando a morte com espanto.

Eu gostaria de poder guardar todas as primeiras horas da minha vida entre minhas mãos. Tarde demais. Tudo já aconteceu. Tudo já despencou na morte.

Escuto Angélique acordando. A noite estala por todos os lados. O amanhecer já chegou.

À GUISA DE EPÍLOGO

NA SOMBRA LANÇADA pela lua sobre as carcaças dos carros e as paredes rachadas das casinhas, Fignolé corre a perder o fôlego. Sua pálpebra esquerda está tão inchada que esconde totalmente o olho, tornando-o irreconhecível. Ofegante, sua camiseta está encharcada de suor. O sangue que escorre de uma laceração na testa, bem acima do olho intacto, ofusca sua vista. Impossível ver onde está pondo os pés. Então, vez ou outra, ele tropeça, levanta e volta a correr. Os dois incisivos superiores estão moles e ele fica passando e repassando a ponta da língua sobre os buracos na gengiva. Ele lembra daquele soco desferido pelo adversário. Por um instante, achou que fosse desmaiar. O confronto foi forte. O agressor, surpreso, isolado, não esperava tal determinação do jovem fugitivo. Este o provocou, o surpreendendo por trás. Na luta feroz que se seguiu, ele acabou tomando a arma do agressor e o matou. Nessa fuga desesperada, Fignolé não está sozinho. Ismona e Vanel, que o acompanham, se refugiaram atrás do muro de uma garagem abandonada, no fim de um dos inúmeros becos lamacentos deste bairro do fim do mundo.

Fignolé corre sob o luar, curvado, as mãos sobre seu flanco direito. As mulheres, os homens, os idosos e as crianças amontoados atrás das janelas e das portas desgastadas retêm suas respirações. Apagaram luzes e velas para não chamar a atenção. Só para poder responder mais tarde, olhando para longe, os olhos secos, para os homens de uniforme e seus cúmplices de metralhadoras, que eles não viram nada, não escutaram nada. Quanto a Fignolé, ele continua correndo e não espera nada, mais nada... Cambaleia, levanta, cai de novo, suspiros de estupor escapam do seu peito. Sem fôlego, ele gostaria de poder parar e respirar normalmente. Recuperar a consciência. Mas por causa das costelas, provavelmente fraturadas, respirar fundo lhe seria ainda mais doloroso. E os outros agressores, em sua perseguição insone, continuam atrás dele. Com as mãos nas costelas doloridas, ele corre, resiste e corre mais...

Lentamente, a lua desaparece atrás de nuvens opacas. Na escuridão repentina os cachorros uivam. Entre dois uivos, só se ouvem os passos do jovem fugitivo, esbarrando em tudo ao passar, furando o silêncio da noite. Um povo escondido em seus casebres escuta todas as entonações da morte. Uma intuição dolorosa vira e revira as entranhas das mulheres, que cobrem suas barrigas com os dois braços para não gritar. Os sonhos desertaram os olhos espantados das crianças. Os homens passam e repassam as mãos em seus queixos, pensativos, ou ficam pigarreando para manter a compostura.

Enquanto a lua banha novamente as carcaças, os barracos e o lixo, surgindo de uma viela entre os casebres rotos, dois homens avançam. O primeiro com o uniforme da polícia, o segundo de camiseta bege e calça jeans. Ao ouvir a voz desse último gritando uma ordem ao policial, Vanel e Ismona, ainda escondidos, no primeiro momento duvidaram, mas depois tiveram que aceitar o óbvio: Era o Jean-Baptiste, sim. Ismona levanta a cabeça bem na hora em que Jean-Baptiste recua para indicar em que direção Fignolé fugiu. Vanel reagiu muito rápido. Puxando Ismona para mais perto dele, com firmeza, colocando a mão direita na sua boca, segurando sua nuca com a esquerda, antes que ela explodisse em lágrimas denunciando seu esconderijo. Ismona treme, como se fosse cavalgada por um desse nossos deuses malucos. Sabe, um desses deuses que ajudam a atravessar a crueldade dos homens.

Ao longe, Fignolé grita o nome de Jean-Baptiste, o insulta. O homem de uniforme ao lado de Jean-Baptiste estende o braço, mira o alvo e dispara a arma. A bala atinge o jovem fugitivo na coxa esquerda. Mesmo gritando de dor, ele ainda tem força para arrastar a perna por alguns metros. Agora, em pé, sob a luz branca da lua, o homem atira uma segunda vez. Desta vez, a bala atinge o rosto de Fignolé, quase sem fôlego. Ele é propulsionado para além da dor. Como se sua cabeça afundasse no éter. Pela violência do choque, ele tomba para trás. Suas pernas levantam do chão e ele desaba de costas, os olhos e a pele rasgados.

Estendido no chão, seu rosto não passa de uma massa de sangue misturada à coisa esbranquiçada que escorre do seu crânio. O sangue também forma uma poça viscosa em volta da orelha esquerda. Só as pesadas tranças rastafaris e o contorno da sua barba indicam onde ficava seu rosto. Cadáver deitado entre a grama e a pedra, Fignolé é um grande pássaro morto.

Em todo o comprimento e toda largura desta terra afastada, selvagem em sua noite, o tempo parou. Muito além da cabeleira assustada das árvores. Da peripécia fantasmagórica das nuvens. Até os confins de todas as terras que Fignolé não verá nunca. Nunca mais.

Do seu novo abrigo, um beco estreito entre duas casinhas, eles não conseguem ver o amigo. O eco da deflagração ricocheteou na pedra e dentro das cabeças de Vanel e Ismona. Ismona está mordendo a mão de Vanel, se agarrando a ele para não desmoronar. Vanel, aos prantos, a abraça carinhosamente. Por conta do excesso de medo, os intestinos e a bexiga de Vanel se soltaram de uma vez e ele sentiu que estava sujando as calças. Deus, como ele está envergonhado! Petrificados, alucinados, ele e Ismona agora se limitam a ouvir atentamente essa onda de choque que repercute, repercute, sem fim, misturada aos uivos dos cachorros na noite. A certeza da morte do seu companheiro ecoa em seus peitos e eles sentem lá dentro o estrondo da violência e a vez deles, tão próxima...

A luz branca e leitosa da lua segue, impassível, envolvendo o mundo.

GLOSSÁRIO

Agoué: Deus da água na religião vodu. Tipo de Netuno haitiano dominando o mar, sua fauna, sua flora e as embarcações que nele navegam. Os que vivem dos seus recursos também lhe são submissos.

Ason: Pequena cabaça cheia de ossinhos, enfeitada com as cores dos loás e usada pelo celebrante durante as cerimônias vodu.

Au poignard: Em português, "à faca". Expressão crioula designando a prática de usura (também conhecida como agiotagem).

Bayahondes: mato, moita densa, cheios de espinheiros.

Blancs: Branco, em dialeto crioulo, é o termo genérico designando qualquer estrangeiro, independentemente da cor de sua pele. Após as recentes intervenções das Nações Unidas, os militares e peritos africanos, também passaram a ser chamados de *Blancs*.

Boko: Termo derivado da palavra *fon* (idioma veicular oriundo do Benin, Nigéria e Togo) *Bokomo*, significando sacerdote vodu, mas com uma conotação negativa, ao contrário do *hougan*.

Borlette: Do espanhol *borleta*. Loteria muito popular no Haiti.

Boule zin: Cerimônia durante a qual um ente falecido transmite seus poderes espirituais.

Cachiman: Fruta-do-conde ou pinha.

Chadèque: Toronja ou *grapefruit*.

Cher maître, chère maîtresse: Em português, Caro senhor, cara senhora. Expressão demonstrando propriedade de uma morada ou alguém que não precisa dar satisfação a ninguém.

Chevauché: Estar possuído por uma divindade, um loá.

Chrétien vivant: Em português, Cristão vivo. Todo ser humano.

Clairin: Rum obtido a partir da primeira destilação da cana-de-açúcar.

Compas: Música urbana tradicional do Haiti que se toca em quatro tempos.

Dambala: Deus serpente, frequentemente representado nas pinturas murais junto com sua esposa Aida Wèdo.

Dodine: Cadeira de balanço.

Erzulie Dantor: Outra face de Erzulie que simboliza a resistência e a força, ao contrário de Fréda que representa a vaidade.

Erzulie Fréda: Divindade do amor, linda, vaidosa, sensual e gastadora. Ela costuma ser comparada a Afrodite.

Galipote: Bruxo, lobisomem.

Gayé pay: Dança popular, na moda, lançada na época do carnaval.

Gourde: Moeda haitiana.

Grimelle: Mulher negra com a pele muito clara e cabelo crespo.

Laloz: Dança popular na moda em época de carnaval.

Lambi: Concha marina. Sua carne é muito apreciada por seu gosto e suas pretensas virtudes afrodisíacas A concha é usada como apito pelos agricultores. Durante a guerra de independência, era usada como sinal para o reagrupamento dos insurgentes.

Loa: Em português, loá. Divindade da religião vodu. Conjunto de crenças e de ritos de origem africana que, estreitamente mesclados às práticas católicas, constituem a religião da maior parte do proletariado, seja camponês ou urbano.

Madame Sarah: Nome de um pássaro muito barulhento dado como apelido, primeiramente, às camponesas que vendiam suas mercadorias na cidade e que, hoje em dia, é aplicado às mulheres que fazem comércio entre o Haiti e a bacia das Caraíbas.

Mapou: Árvore sagrada, árvore *reposoir* (usada como altar) com um tronco largo e raízes profundas. Sua função é a mesma que a do baobá na África.

Meringue: Música tradicional urbana inspirada nos ritmos caribenhos e latino-americanos.

Notre-Dame du Perpétuel Secours: Nossa Senhora, padroeira de Haiti.

Ogou: Divindade vodu representando o fogo, o combate. Ele é um deus guerreiro, deus ferreiro no Benim.

Poto-mitan: Pilar central do terreiro vodu.

Rigoise: Chicote fabricado com nervos de boi.

Tap tap: Transporte coletivo, ônibus.

Trese ruban: Dança na qual cada um dos vários dançarinos segura uma longa fita de cor diferente, amarrada à pilastra central de madeira. Enquanto dançam, eles vão se cruzando até cobrir a pilastra com as fitas. Dança inspirada nas tradições indianas.

Este livro foi composto nas fontes
Source Serif [texto], Mouron e Rousseau Deco [títulos],
impresso pela gráfica Viena em papel Avena 80g
e diagramado pela BR75 texto | design | produção.
São Paulo, 2022.